Daniele Melani

apPunti di vista

Youcanprint *Self-Publishing*

Titolo | apPunti di vista
Autore | Daniele Melani
ISBN | 978-88-92639-46-1

Youcanprint Self-Publishing
Via Roma, 73 - 73039 Tricase (LE) - Italy
www.youcanprint.it
info@youcanprint.it
Facebook: facebook.com/youcanprint.it
Twitter: twitter.com/youcanprintit

INTRODUZIONE
a cura di Maria Chiara Chiti

E' il momento giusto per emergere, quando un artista si chiude in sé stesso, in un tunnel senza uscita, del quale vede la luce, ma che reputa più comodo arredare. Arredarlo alle sue necessità, ai suoi bisogni, magari raccontandosela o credendoci davvero. Ma ha senso? Ha senso tutto questo? Provare qualcosa per qualcuno senza sapere come andrà? Provare a crederci di nuovo con tutte le proprie forze sapendo già all'inizio di qualsiasi avventura che gli imprevisti ti faranno visita e che niente andrà come era stato progettato? Non si vive di illusioni. Le illusioni fanno male. Sono castelli di sabbia che alla prima ondata più lunga, il mare porterà via con sè. Sono come le orme che lasci sul bagnasciuga e su cui verranno disegnate sopra altre orme, e altre ancora. Come castelli di carta che alla prima folata di vento, crollano. Felicità di polistirolo. Fittizie, inutili. Più in basso di così, non si può andare.

Un'anima vagante che cerca di vivere al meglio questa vita dove non ha chiesto di esistere. L'anima che appartiene ad un uomo che cerca solo il suo posto nel mondo. Lo puoi vedere seduto di fronte alla macchina da scrivere, a contemplare quei tasti, che una volta lo rendevano immensamente felice. O seduto sul ciglio di una strada tra una sigaretta aspirata a pieni polmoni e un bicchiere vuoto. Bicchiere in cui tutto viene affogato. Dimenticato. Un uomo che non ha forza, ma che non cessa di tradire ancora se stesso. Non ha voglia di inciampare ancora in vecchi ricordi, dai quali non riesce a staccarsi. Ma puntualmente, cade. E si rialza. A volte le occhiaie arrivano quasi al ginocchio, il volto è visibilmente pallido e la barba incolta. Ed è nella perfetta pace della sua cantina, dove scrive, riflette e crea che acquista consapevolezza. Lui è SOLO. Solo e padrone di se stesso. E d'un tratto, conclusi questi pensieri si sente magicamente libero. È battendo su quei tasti, dando vita ad altre anime dannate come la sua, che magicamente si riappropria della sua libertà, dimenticata da tempo. Pensando e amandosi. Ascoltandosi. E' difficile prendersi cura di sé stessi. E' difficile amarsi.

Resoconti che hanno impartito nozioni di vita crudele. Esposizioni brevi, ma efficaci. Testimonianze di chi, il dolore vero, l'ha vissuto. E tutt'ora è costretto a conviverci. Come un affittuario di cui non sai come sbarazzarti. E' lì. Sempre presente. E puntualmente, ti presenta il conto.

Le parole. Sono l'unico posto dove imparare a rifugiarsi.

PASSI

Avevo voglia di stare da solo quella sera.

Coi miei pensieri che si accavallavano, turbinavano come un uragano nella mia mente.

Passeggiavo privo di meta, ascoltando il suono del traffico intorno a me, la colonna sonora della mia vita.

Il traffico, le code interminabili, il suono dei motori.

Passavo gran parte della mia vita in quel groviglio di lamiere, per guadagnare quanto bastava a mantenermi, neanche troppo dignitosamente.

Macchine, traffico, code.

Clacson.

Scandivano il mio tempo come metronomi.

Mi sentivo libero camminando.

Libero da quei vincoli a cui ero stato obbligato per condizione, non per scelta.

Avrei voluto fuggire.

Raggiungere un luogo dove contassero solo i passi che fai, non i chilometri e la benzina sprecati.

Passi.

Avrei voluto contarli.

Un piede dietro l'altro, come se li mettessi in fila.

Non sapevo dove mi avrebbero portato, seguivo le mie scarpe come una fidata guida spirituale.

Loro sapevano cosa mi serviva.

E io ero nelle loro suole.

L'insegna luminosa di un bar attirò il mio sguardo.

Mi guidarono lì dentro.

Una birra mi attendeva, come un cane al ritorno dal lavoro, scodinzolante e festoso.

Non avrebbe risolto i problemi, certo.
Ma mi avrebbe dato una tregua.
Cercai un angolo poco illuminato, in modo da celare la mia figura e poter osservare il locale.
Amavo guardare gli altri, i loro movimenti, i loro gesti.
Potevi conoscere molto di una persona anche solo con questi dettagli.
Un vecchio stava seduto composto, di fronte a se un mazzo di carte, la coppola ben calcata sulla testa.
Non aveva la fede.
Sorseggiava un amaro con gli occhi acquosi.
Era solo.
Forse da una vita.
I problemi dentro ad un bar sembrano acutizzarsi, e io sembravo averlo dimenticato.
Due ragazzi stavano parlando, il tono di voce alto contrastava con la musica soft diffusa da una vecchia radio.
Storie di donne, di letto, di sesso.
Storie, con forse dietro un pizzico di verità.
Nessun uomo è sincero quando parla di donne, non del tutto.
Apparirebbe meno maschio, quasi che l'amore fosse una sorta di castrazione.
Gli uomini fottono, sempre.
Inconsapevoli di essere fottuti già dal primo sguardo.
Per poi ritrovarsi soli davanti ad un amaro e un mazzo di carte.
Mi alzai, la birra ormai vuota sul tavolo.
Ne avevo abbastanza.
E avevo ancora addosso le mie scarpe.

STAZIONE

Ci passavo ore in quella stazione, tra l'odore di piscio e sudore.

L'università sembrava un muro di cemento armato che si frapponeva tra me e il mio futuro.

Ero bloccato.

Ogni mattina lo stesso percorso, delle sedie di legno vecchie quanto il palazzo che le contenevano, un professore con la voce monotona e quella stazione.

Un via vai di persone, di volti.

Qualcuno fissava l'orologio, controllando continuamente il tabellone degli orari, nella speranza che cambiasse qualcosa.

Altri fumavano, una sigaretta dietro l'altra, con gesti meccanici.

Pendolari.

Vittime degli schemi e del tempo.

Ad ogni ritardo vedevi la loro angoscia.

Chi aveva definito le occasioni come treni che passano una sola volta si era sbagliato.

Vedevo ogni giorno gli stessi volti, allo stesso orario, allo stesso binario.

Le occasioni non erano treni, non avevano schemi rigidi da rispettare.

Capitavano e basta, quando meno te lo aspettavi.

E io ne avevo sprecate tante, gettate dritte giù per lo scarico.

E non me ne ero mai pentito.

O almeno, non lo avevo fatto mai del tutto.

Se fossi stato disposto a lanciarmi a capofitto in
ogni occasione ricevuta ero convinto di perdere le
priorità della mia vita.
Come se un gigantesco occhio di bue illuminasse
solo quelle circondando il resto del mio mondo di
tenebra.
Non volevo essere come quei volti che mi
circondavano, con gli occhi tristi e il cuore arido.
Aspettavo il treno, semplicemente quello.
E sapevo già il binario e l'orario di arrivo.

PERLA

La Luna si specchiava nel mare, come una dama al primo appuntamento.

La brezza estiva accarezzava la pelle di Perla, provocandole brividi sotto pelle.

Era sola, gli scogli a picco sul mare come unica compagnia, oltre al suono delle onde e del vento che filtravano tra le rocce.

Guardava l'orizzonte sognante, aspettando il ritorno del suo cuore rapito.

Una galea glielo aveva strappato dal petto un mattino di primavera, un rapitore ameno, travestito da occhi verdi come foglie bagnate di rugiada.

L'aveva amato quella notte e le notti precedenti.

Aveva regalato se stessa a quella pelle bruna, quelle labbra di pesca.

Ma un marinaio ha solo il mare come amante.

E torna tardi.

Troppo tardi, a volte mai.

Spessa una vita di attesa non basta.

E le onde sono gelose, vendicative.

Ma non poteva pensare ad una vita privata di quegli occhi sognanti, colore del mare in tempesta, di quello sguardo ardente, come carboni attizzati dal vento.

L'avrebbe aspettato in eterno, e forse più a lungo.

JOE

Il fumo si ancorava ai vestiti in quella tetra sala da biliardo, disegnando spirali nel vuoto illuminato dalla fioca luce che filtrava dalla tende.
La partita stava finendo, mancavano pochi punti.
Joe osservava distratto il movimento delle sfere, ipnotizzato dal loro rollio.
Un mozzicone spento faceva capolino dalle labbra carnose, gli occhi arrossati dal whiskey e dalle notti insonni.
Chiese un altro giro distrattamente, gli ultimi spiccioli rimasti.
Pensava alla sua vita, alla sua ex moglie, all'ultimo lavoro perduto.
Si stava avvelenando piano, come chi muore per amore.
La sua vita era una serie infinita di cadute, come se una spada di Damocle pendesse eterna sulla sua testa, appesa ad una lenza così sottile da sembrare invisibile.
E prima o poi avrebbe finito per trafiggerlo.
Era stato felice, ma lo aveva dimenticato.
La felicità.
Ne ricordava il sapore, ma non il profumo, come se fosse svanito insieme alla pioggia caduta sulla sua vita.
E nessun uomo si abitua all'infelicità.
Neppure dopo mille anni.
Non dopo essere stato felice una sola volta, era come una droga.
Assuefaceva chi l'assaggiava.

La partita era finita, il bar svuotato.
Esattamente come lui.
Con passo malfermo si alzò dallo sgabello raccogliendo il cappotto lacero e se stesso.
Sbiascicò un saluto.
Fuori il solo splendeva scaldando il mondo.
E forse, forse, avrebbe scaldato anche il suo.

MUSICA

I brividi sulla pelle sembravano onde.
Viaggiavo verso l'infinito, verso il mare, verso me stesso.
Accarezzavo ogni nota come un gatto, faceva le fusa prima di scapparmi dai polpastrelli.
Leggeva la mia anima, sapeva capirmi, combattermi, amarmi.
In piena trance.
Vittima più di me stesso che di una melodia che non era mia, non mi era figlia, non potevo controllarla.
Ma mi aveva preso.
Ero suo.
Tornava in testa quando non lo volevo, come una ex fidanzata con cui hai lasciato qualcosa in sospeso, che ancora ti mozza il fiato quando la vedi, che ancora forse.
Chissà.
Ed era così quando passava di lì.
Eustachio comandava i pensieri, e tu non potevi fare altro che seguirli, privo di orientamento.
Era gioia, ansia, tormento.
Sorrisi, ricordi, notti d'Estate.
E in cuor tuo sapevi che c'era sempre stata.
Cullava i sogni di tutti, come un faro, come una madre.
Ma in fondo era soltanto musica.
E tu potevi soltanto farci l'amore.

AUTUNNO

Luglio stava finendo.
Incostante, con il suo caldo appiccicoso e i suoi temporali improvvisi.
Improvvisi come un amore estivo.
Lavoravo per mantenermi, per mantenere lo stato visto quanto si intascava del mio stipendio, per sentirmi vivo.
L'Estate.
Quella voglia di veglia come dopo un letargo, di vivere le notti.
La voglia di birra ghiacciata.
La stavo sorseggiando, baciandola come un'amante focosa, come un sospiro dopo giorni di apnea.
Lo sguardo indugiava su di lei, ferma al tavolino pochi passi più in là.
Timido.
Quasi spaventato di poterla disturbare, di violentare quel momento stupendo in cui il bicchiere incontrava i petali delle sue labbra.
Speravo quei diamanti incastonati sotto quelle sopracciglia morbide si alzassero, incrociassero i miei.
Li rapissero.
Fu un secondo.
Un battito di ciglia lungo una vita.
Come un matrimonio.
Mi persi sotto quel giogo.
Era schiavitù, era passione.
Era il mare più limpido che avessi mai visto.
Il mare calmo coi suoi tranelli.

Ed ero suo.
Il cacciatore vittima della preda.
Sindrome di Stoccolma.
Nuotai in quegli occhi verdi ogni ora di quella
Estate, dimentico del mio nome, dimentico di me
stesso.
Imprigionato in quel verde intenso come un prato
irlandese.
Ma l'autunno era alle porte portando nuovi colori.

ARCOBALENO

La sigaretta si stava spengendo, disegnando arazzi nel rosso del tramonto di quel Luglio afoso.

Sarah osservava il mare, ipnotizzata dalle onde.

Adorava quel suono.

Le sentiva infrangersi sugli scogli del molo artificiale, come una melodia di speranza.

Le guardava distruggersi in migliaia di frammenti, gocce d'acqua identiche l'una all'altra, inconsapevoli protagoniste di qualcosa di più grande.

Le invidiava.

Così perfette nella loro vulnerabilità.

Così inquiete nel loro tranquillo moto costante.

Voleva essere simile a loro.

Prenderne parte.

Lei che dentro era a pezzi, lacerata.

Tanti piccoli pezzi di dimensione infinitesimale, tenuti uniti solo dalla sua forza di volontà.

Voleva essere un'onda.

Avere la capacità di distruggersi completamente e di tornare integra, o almeno colorare il mondo con parti di sè.

Le più piccole.

Voleva morire regalando se stessa.

Come la pioggia quando scomparendo dona l'arcobaleno.

ADDII

"Dove cazzo vai?" Mi chiese urlando, sull'orlo di una crisi di nervi.
"Fuori."
Sentii qualcosa infrangersi alle mie spalle, mentre la porta sbatteva.
Forse un piatto.
Forse la cornice contenente le nostre foto.
Guidai con la mente assorta, la macchina conosceva la strada.
Finivo sempre lì.
Entrai.
Era il classico bar dove potevi prendere una coltellata di troppo, una parola.
Ma lo adoravo per questo.
Chi lo frequentava aveva la faccia di chi ha visto la morte.
E ne era rimasto infatuato.
Il barista mi conosceva e mi servì il solito.
Qualcuno stava perdendo dei soldi alle slot machine.
Lo sentii imprecare.
C'era sempre qualcuno che perdeva qualcosa lì dentro.
Soldi, denti, sangue.
In fondo eravamo perdenti e quello era il nostro posto.
Pensai a Marisa.
Era furiosa e non ne ricordavo il motivo, neppure avevo voglia di conoscerlo.
Forse avevo detto qualcosa di sbagliato.

Per questo amavo quel bar.
Non c'erano dialoghi.
Era come la sceneggiatura di un film muto.
Bevevi, affogavi la tua vita in un bicchiere e tornavi
a casa, pronto ad affrontare la routine.
Il tempo sembrò essere volato quando mi rimisi al
volante.
La trovai addormentata.
Il mascara le era colato per le lacrime ma restava
bellissima.
Aprì un occhio.
"Sei ubriaco."
Non era una domanda.
"E te resti stupenda, torna a dormire."
Aspettai lo facesse prima di andarmene per sempre.

DONNE (ATTESE)

Aspettavo finisse di prepararsi, impaziente.
Accesi la Tv, la spensi.
Aprii un libro di poesie di Corso, lessi qualche verso prima di chiuderlo di scatto.
La noia mi stava divorando, il tempo sembrava immobile, la lancetta dei secondi pareva ruotare in senso inverso.
Venerdì sera.
Lei doveva truccarsi, vestirsi, agghindarsi.
Io mi ero accorciato la barba, messo una camicia e una giacca.
Un po' di profumo.
Dopo un tempo lungo quanto un'Era scese.
La osservai.
"Che c'è?" Mi chiese.
"Troppo trucco. Non mi piace lo sai."
"Ma Alex, ho quasi 40 anni! Si vedono le rughe. Così mi sono tolta almeno dieci anni."
"Per lo specchio forse, non per me.

Hai quarant'anni e quelle rughe le conosco, ti rendono più bella, ti rendono vera. Come un giubbotto di pelle, più è vissuto più diventa bello.

Quasi non riconosco la tua faccia così, la faccia che ho amato una vita, la mattina quando la ritrovavo sul cuscino di fianco al mio. Ecco, voglio svegliarmi ogni mattina con accanto la stessa faccia della sera prima."
Si incupì.
"Andiamo?" Le chiesi.
"Almeno ti piace come sono vestita?"

"Ti preferisco nuda, in modo che possa vederti i difetti."
"Sei uno stronzo!"
La guardai stupito.
"Perché?"
"Non apprezzi gli sforzi che faccio e mi parli di difetti! Volevo essere bella per te, e tu non hai pensato a fare altro che distruggermi!"
"Sbagli, sei tu che ti sei costruita.
 Con abiti attillati e trucco.
 Preferisco quando ho davanti agli occhi i tuoi difetti da poter accarezzare. I pregi sono sotto gli occhi di tutti.
 I difetti devi imparare ad amarli e una volta che lo fai sono quelli a mancarti quando non li trovi.
 Amare i pregi è facile.
 Amare i difetti è perdizione."
"Ti credi perfetto tu eh"
La guardai.
La baciai.
"No. Ma se me lo chiedi voglio essere perfetto per te, non per lo sguardo degli altri. Con le mie rughe e il mio addome che inizia a inflaccidire."
Sembrò capire.
Mi prese la mano per uscire.
Accesi la macchina, ingranai la prima, la seconda, la terza.
La città ai nostri piedi, l'autostrada ad attenderci.
Lei abbassò il parasole, cercando le specchio per sistemarsi il rossetto.

AGGRESSIONI

Il buio nascondeva le ombre, viscerale amante.
Ignaro, con la mente piena di pensieri cercai le chiavi dell'auto, la tasca piena, il cuore pure.
Arrivarono.
Come gli Unni.
Come i galli a Roma.
Come chi semina distruzione.
Vidi lampeggiare il metallo, schivandolo, per fortuna, per agilità.
Colpii.
Sentii qualcosa scricchiolare.
Quanti erano? Chi erano?
Dolore.
Forte al costato.
Mi piegai in due, come chi prega, come chi si inginocchia davanti ad un amore più grande.
Ma la mia fede era debole, il sangue turbinava, e un leone, seppure magro, scarnito, deve morire da tale.
Le mie nocche incrociarono un volto, che forse aveva un nome.
Incrociarono una mandibola, splendida conoscenza.
Il lampo, il tuono, la tempesta si riunirono nella mia testa.
Barcollai quando la spranga mi colpì , come una saetta.
Cercai di reggermi in piedi.
Pensai a lei.
Non potevo morire.
Non potevo cedere.

Dio mi aveva regalato un cervello e velocità di pensiero.

Lo usai.

Cercai la bocca dello stomaco del primo, un alito di birra mi colpì mentre il fiato usciva dai polmoni.

Mirai alla virilità del secondo, che brandiva il coltello, arma dei vili, arma dei servi.

Una sirena.

Una fuga.

Sangue.

TRENO

La ragazza teneva la fronte appoggiata al finestrino di quel regionale semivuoto.

Sembrava assorta, quasi misurasse la febbre all'ambiente esterno.

Inconsapevole del mio sguardo su di lei che stava accarezzando e i lineamenti.

Studiavo i suoi gesti.

Ogni impercettibile movimento del volto.

Quel profilo perfetto sembrava disegnato da un pittore.

Quegli occhi una lavorazione di qualche vetraio di Murano.

Così perfetti e limpidi da non poter essere reali.

Giocavano con il paesaggio che scorreva rapido, non perdendone un attimo.

Avrei voluto entrare dentro quei pensieri.

A piccoli passi, come un topo d'appartamento.

Sentirne il suono.

La melodia.

La tempesta.

Una mano corse rapida al volto per spostare una ciocca di capelli dietro l'orecchio.

Le labbra socchiuse.

L'abbraccio di due petali.

Arrivò la sua fermata, si ricompose, sistemò l'abito, si alzò.

Mi sorrise.

Bastó questo.

La giornata aveva assunto un altro sapore.

LEI

Lei era una sbronza lunga una vita.

Poteva cercare di ignorarla, sopprimerla, mascherarla.

Ma ogni volta che la vedeva la testa tornava a girare, lo stomaco si contraeva, e la lingua sembrava formare un nodo.

La vide, passeggiava lungo il marciapiede, quell'aria sicura di chi si sente amato.

Si sarebbero incrociati.

La testa cominciò a ruotare ad ogni passo che lo avvicinava a lei.

I capelli mossi dal vento sembravano accarezzare l'aria come una tenera amante.

Sorrise.

"Ciao, come stai?"

La lingua sembrò ancorarsi al palato.

Farfugliò un "bene" sentendosi ridicolo, piccolo, mostruoso.

Quel sorriso non si spense, anzi sembró accendersi.

"Ci vediamo, sono di corsa. Ma è stato bello rivederti..."

Accellerò il passo.

Lui si accorse di quanto potesse essere banale una conversazione di due secondi, ma non sapeva cosa dirle, quali parole usare.

Era sempre così quando la vedeva.

Era una sbronza lunga una vita.

Una bottiglia di vodka tra le mani di un alcolista.

Pensó che forse sarebbe andata meglio la volta successiva.

Magari avrebbe trovato il coraggio di invitarla fuori per un caffè, un aperitivo, una cena.
Ma erano sogni di un ubriaco.
Sapeva che l'avrebbe semplicemente amata da lontano, come chi adora il sole.
Ecco.
Lei era il sole e lui aveva troppa paura di bruciarsi.

L'INCONTRO

Su Damasco il sole stentava a bucare le nubi quella mattina, la città, sveglia alle prime luci dell'alba era in fibrillazione nell'accogliere la delegazione romana guidata dal più grande generale del tempo.

L'Africano, in sella ad un baio marrone si fece largo tra la folla festante e le bancarelle.

L'umidità dell'aria mattutina incollava il clavus al corpo del condottiero sottolineando il fisico asciutto e scattante nonostante le primavere trascorse.

Conosceva Damasco e la sua vitalità ma non aveva tempo da perdere.

Roma e il suo senato gli aveva assegnato un altro compito, lupa mai sazia, e il tempo stringeva.

Antioco lo accolse circondato da eunuchi e fanciulle di rara bellezza, oltre che dal fedele ministro Ermia.

L'Africano non riuscì a trattenere una smorfia alla vista del lusso in cui verteva la corte Orientale, il disappunto dipinto sul volto grifagno trapelò strappando un sorriso al sovrano Siriano.

"Voi romani conquistate il mondo ma vi tenete poco, la vita non è solo obbedienza e guerra. Che senso ha conquistare il mondo se poi non vi godete la ricchezza che offre?"

"La guerra la facciamo per difendere la repubblica e senza integrità e fermezza andrebbe tutto in pezzi come un vaso lasciato cadere maldestramente. Lui dov'è?"

"Nelle sue stanze, si scusa per non essere venuto ad accoglierti di persona ma importanti documenti lo hanno tenuto occupato."
"Documenti in cui invita alla ribellione!"
"Voi la chiamate ribellione, noi libertà dal vostro giogo."
"Sono qui per incontrarlo e porre fine a questa follia. La sconfitta è onorevole se accettata ma così sta gettando il ridicolo anche su la sua memoria."
"Una delle mie fanciulle ti accompagnerà nelle sue stanze. Se la gradirai potrà scaldarti il letto stanotte. Damasco congela al calare del sole."
"Con gli anni dormo sempre meno e penso di più. E per pensare non necessito compagnia."
Seguì la fanciulla sull'ampia scalinata di pietra e lungo i corridoi ricchi di dipinti murali di rara bellezza.
Sorrise nell' osservarne uno che ritraeva Canne.
La donna annunciò la sua visita, pronunciando il suo nome con accento esotico e seducente. Forse per quella notte poteva non pensare.
"Ah il grande Generale ." Una voce roca, che tante volte aveva sentito sbraitare ordini sul campo di battaglia.
Annibale era invecchiato, profonde rughe solcavano la fronte spaziosa e strisce argento imperlavano la barba e i riccioli sempre più radi.
Ma gli occhi erano gli stessi di un tempo.
Sembravano fornaci ardenti, capaci di leggerti dentro. Sprizzavano vitalità ed astuzia. Il leone era in gabbia ma non domato.
"Gli anni sono stati generosi con te, Africano. Ti fai chiamare così adesso non è vero?"

" Non posso dire lo stesso per te Annibale."
Il cartaginese sorrise, gli occhi che si illuminarono come notti stellate."
" Ho dell'ottimo vino di Chio, beviamo alla nostra salute e alla vecchiaia serena."
Gli porse una coppa che l' Africano osservò con sospetto.
"Sono un generale non un avvelenatore. Hai la mia parola che è il miglior vino che assaggerai."
Il generale bevve un lungo sorso, il dolce calore del nettare scaldò le membra stanche dopo la lunga cavalcata.
" Eccezionale. Ma non sono qui per bere. Annibale, nonostante la sconfitta continui a sobillare popoli amici di Roma, gli induci a prendere le armi contro di noi. Sono qui per fermare questa tua scellerata iniziativa. Ti abbiamo concesso la vita e il ritiro, non approfittare della nostra pazienza."
" Ho giurato a Baal che avrei combattuto Roma e intendo dare la vita pur di mantenere il giuramento.Gli dei condannano gli spergiuri all' oblio Romano. Troppi popoli avete aggiogato con la vostra fame di lupi, troppe madri piangono i loro figli strappati dal loro ventre nelle vostre conquiste. Non vi accontentate di ciò che avete, avidi di terra come un marinaio sperduto. Finché avrò vita la vostra non sarà tranquilla."
Parlarono quel giorno, ognuno incapace di smuovere l' altro.
Quando la notte arrivò gli argomenti si fecero più leggeri, dialogando come vecchi amici.
L'Africano fissandolo negli occhi chiese prima di ritirarsi:

"Chi sono secondo te i migliori generali della storia?"

Annibale sembrò conoscere la risposta prima ancora che fosse finita la domanda.

"Al primo posto Alexandrôs, fu capace di conquistare il mondo con truppe scarse, e in pochi anni, ha soggiogato l'Asia e si è spinto fin dove neppure voi romani riuscirete ad arrivare, senza dubbio Alexandrôs."

"E per secondo?"

"Pirro. Disponeva in campi con grande pragmatismo e guidava le truppe in battaglia con coraggio e determinazione. La sconfitta che vi ha inferto per quanto mutilata ne è la dimostrazione."

"E per terzo?"

"Io."

L'Africano sorrise alzandosi dal triclinio.

Ma prima di uscire un' ultima domanda lo assillava.

"Cosa mi avresti risposto se mi avessi sconfitto a Zama?"

Gli occhi di Annibale scintillarono.

"Mi sarei messo come primo."

Le stelle di Damasco accompagnarono la notte dell'Africano, il dubbio di aver perso anche l'ultima battaglia che lo divorava.

ETERNITA'

Aveva paura di perderla, quella paura che divora l'anima, come un peso che schiaccia il plesso solare e affatica il respiro.
L'amava dal primo istante, l'amava dal primo incrocio di sguardi.
Ricordava il party, la musica assordante. Quegli occhi.
Poi il resto della serata era solo lei che ballava, muovendo i fianchi.
Il resto era nebbia , rumore di sottofondo.
Si era avvicinato, con la scusa di chiedere una sigaretta e aveva passato il resto della notte con lei, su una panchina in un giardino vicino.
Ridendo.
Quella notte avevano riso tanto, troppo.
Aspettando l'alba.
Aspettando.
Perché il primo bacio è sempre un azzardo, un gioco di scacchi.
E nessuno dei due voleva sacrificare una pedina e perdere la partita.
E ora era sua.
E quasi non ci credeva.
Aveva paura di perderla, consapevole che perdendola avrebbe perso una parte di sè.
E lui, quella parte, la voleva conservare in eterno.

NOTTI

Il suono martellante della sveglia lo strappó dal sonno, come un feto dall'utero.
Si stiró, la luce del mattino che tenue illuminava la stanza ancora in penombra.
Lo sguardo scivoló sul corpo di lei.
Dormiva.
Le labbra morbide socchiuse, il corpo raggomitolato su se stesso.
Bionda.
Si ricordava a malapena di lei.
La vide stirarsi, cambiare posizione.
Ok.
Ora se la ricordava .
Sinuosa.
Flessibile.
Ubriaco.
Ubriaca.
Il mix perfetto.
Come un cocktail letale, l'ambrosia, LSD.
Si vestì, raccogliendo gli abiti a terra, sulla sedia, in ogni angolo della casa .
Lo sguardo scivoló di nuovo su di lei, si stava stiracchiando.
Cercò il pacchetto di sigarette, attento a non svegliarla.
La vita era strana, gli aveva spinto quella creatura divina tra le braccia mentre lui cercava solo un altro modo per scappare.
Il fumo denso invase la stanza, accompagnato dal caffè che saliva gorgogliando nella moca.

Bevve il caffè bollente a piccoli sorsi prima di infilarsi in doccia.

Doveva togliersi di dosso quel l'odore intenso misto di sesso e profumo di lei che lo stava inebriando, confondendo.

Non aveva tempo di pensarci, doveva uscire, aveva bisogno di aria, di libertà.

Socchiuse la porta attento a non svegliarla, la sentì rigirarsi.

Si incamminò dirigendosi lontano da quella gabbia di emozioni che stava vomitando.

INFERNO C.C.

Capitai all'inferno quasi per caso.

Una piovosa domenica mattina mi ritrovai lì, solo, smarrito.

Era diverso da come lo immaginavo, come era descritto da secoli.

Ero circondato da volti senza nome, vagavano, privi di meta, privi di storia.

Lo sguardo così vuoto da poterci guardare attraverso, una massa uniforme di dannati privati dell'anima e della vita.

Mi muovevo a passi lenti, sentendomi come il protagonista di un triste film horror di serie b, con gli zombie che invadevano le strade.

Zombie.

Ovunque.

Ne vidi uno che spingeva ansante un carrello nella folla, il volto scavato dalle sofferenze, gli occhi vacui.

Sembrava all'inferno da molto, a giudicare dal pallore e dalla poca speranza rimasta nello sguardo.

Un altro stava premendo nella bolgia cercando un varco, una posizione.

Mi stava cogliendo una tristezza infinita guardando quelle anime perdute.

Quello squallore.

Bambini gridavano da qualche parte.

Insegne al neon regalavano un aspetto spettrale a quel luogo privo di spirito.

Facce, volti.

Morti che camminavano, qualcuno carico di pesi come un animale da soma, cercando i varchi giusti per guadagnare qualche metro.

Volevo uscire, fuggire da quell'orco.

La masnada sembrava una muraglia invalicabile.

Capivi che non fossero esseri pensanti da come si muovevano, in modo automatico, quasi non sapessero cosa fare, dove andare, perché fossero lì.

Quale era il loro peccato?

Quale era il mio?

Riuscii a farmi largo, vidi una porta, una speranza.

Dopo ore lì dentro sembrava mancarmi l'ossigeno.

La varcai con il cuore che batteva come impazzito.

Finalmente uscii a riveder le stelle.

Il cielo era meraviglioso nonostante la tempesta.

Alle mie spalle una insegna al neon, enorme, ben visibile recitava "CENTRO COMMERCIALE"

DE RERUM NATURA

Il vecchio amava osservare l'alba dal Pireo, vedere Atene svegliarsi e tornare la frenetica polis di sempre.
Stava lì, guardando il porto prendere vita, come se ogni giorno resuscitasse.
Il ragazzo amava la brezza marina che all'alba solleticava i capelli ed entrava nelle narici, come il soffio vitale di un dio.
I marinai caricavano le trireme con cura, con automatismi che invidiava.
Sognava il mare sterminato, imparare lingue, abitudini, conoscere il mondo e l'animo umano.
Ogni mattina osservava quel vecchio, era sempre li.
Con le rughe che sembravano solchi di aratro in quella faccia sorniona.
Lo osservava discutere con il popolo ateniese. Lo trattavano con rispetto ma lui non ne conosceva neppure il nome.
Dicevano fosse un filosofo, un po' pazzo, un po' strano.
Quella mattina aveva un groppo in gola, la nonna materna che con tanta amorevolezza lo aveva cresciuto se n'era andata durante la notte.
L'aveva sentita esalare l'ultimo respiro prima di finire tra le braccia di Caronte, e non lo avrebbe mai dimenticato.
Decise di avvicinarsi alla canuta figura quasi per curiosità, ascoltando le chiacchiere altrui senza il coraggio di intervenire.
Si sentiva inadeguato, solo, avvilito.

"Ragazzo, cosa ti turba?"

La voce del vecchio lo distrasse dai suoi pensieri. Si accorse solo allora che era rimasto solo, a fissarlo.

Come se fosse stato toccato da un Dio.

"Niente, brutti pensieri, non volevo arrecarle disturbo.."

"Parlamene" Il vecchio sorrise mostrando gli incisivi, ancora bianchissimi nonostante l'età.

"Mia nonna se n'è andata stanotte, e spero di rivederla un giorno lontano, sorridere come quando mi raccontava della sua giovinezza."

Si sentì stupido a parlarne ma oramai aveva vomitato in quelle parole tutto il suo malessere.

Vide il vecchio cambiare espressione mentre affermava sicuro

"Non la rivedrai."

Si sentì perso smarrito.

"Perchè, deve esserci un luogo dove la morte ti è sorella e i vivi non possono entrare, dove potrai rincontrare i tuoi cari..."

"Certo" il vecchio aveva ripreso il sorriso sornione.

"Ed è questo. Quello che siamo non è che minuscole particelle, atomi come li chiamo io.

Pure l'anima.

Quando moriamo essi si sciolgono, si dividono, non formano più quello che facciamo vedere di noi al mondo.

Semplicemente disgregandosi danno vita al mare, al vento, alle piante, all'arcobaleno.

Tua nonna la rivedrai in tutto questo se credi che sia così.

Per questo non temo la morte nonostante l'età, perchè quando c'è lei non ci sono io, quando ci sono io lei non esiste."
Il giovane rimase confuso, attonito.

"Ma, allora gli Dei, antichi e nuovi, non possono decidere il nostro destino?"
Il vecchio sorrise ancora, i denti bianchi che riflettevano il sole.
"Gli Dei? Qualcuno mi ha dato del miscredente negli anni, affermando sicuro che non credessi a loro. Quanto sbagliavano.
Io credo gli Dei esistano e l'Olimpo nebbioso ne è la prova. Ma sono troppo impegnati a farsi i fatti loro per vedere cosa fanno gli umani, così impegnati nelle loro discussioni da disinteressarsi di noi. La prima cosa che ho imparato nella vita è che siamo soli, così nasciamo e così moriamo. E da soli bisogna cavarcela."
Il sole oramai era allo Zenit, il porto quasi deserto.
"Ma se non credi agli dei, non temi la morte, non credi in una vita migliore, in cosa credi?
Un uomo, mi hanno insegnato, deve pur credere in qualcosa."
"Sei un ragazzo arguto ma hai dimenticato di chiedermi se credo alla vita.
Ecco, io credo alla vita, a quello che abbiamo giorno dopo giorno, minuto dopo minuto.
Ogni attimo è prezioso e devi farne tesoro, coglierlo come il primo fiore di primavera.
Vivi la vita attimo per attimo con la curiosità di scoprire te stesso e vivrai felice anche nella tristezza, impara da ciò che hai, dai tuoi eccessi e

dalle tue ristrettezze, sapendo che tutto può finire, e che quando finirà non sarai che vento, polvere piante e arcobaleno."
Il vecchio aveva un'aria trasognata, il sole che ne accarezzava il volto come a baciarlo.
"Posso conoscere in nome di chi è così sicuro della sua conoscenza della vita?" Chiese il giovane titubante.
"Puoi chiamarmi come mi chiamano in molti ad Atene ovvero l'Empio, ma per chi mi conosce e viene da amico sono Epicuro."
Sorrise, con quel sorriso un po' sognante, un po' innamorato, incamminandosi e sparendo tra i vicoli del Pireo.

MEDUSA

Quegli occhi color nocciola erano calamite, il vortice per un marinaio.

Davanti a me, puri, splendenti, col sole che li baciava, come un amante, come un corteggiatore mattiniero.

E io ero lì, al loro cospetto, vittima di rapimento.

Ma la sindrome di Stoccolma è dura da aggirare, arriva colpisce e ti lascia lì, senza fiato.

E lei era l'orizzonte.

Mi potevo avvicinare, lambirlo, ma mai toccarlo. Più mi avvicinavo più diventava irraggiungibile, inafferrabile.

I miei occhi, color nocciola erano così diversi dai suoi, ma così simili.

Contenevano le stesse paure, le stesse speranze. Un po' più piccole, più contenute.

Come temessero di esagerare, di essere vittime della vita, della speranza, del nulla.

Ci ero perso e non mi sarei mai sentito più sicuro. Vittima della paura e dell'amore.

Che poi, l'amore.

Quello ti cerca quando conviene e se ne va, lasciandoti attonito, piangente, affranto.

Ma lei non era questo.

Era il diluvio dopo anni di siccità, capace di distruggere tutto in un lampo, ma era la speranza. E con la speranza ci muori se non l'affronti. Ed io ero pronto ad affrontarla, a tuffarmi in quegl'occhi color nocciola e catturarci l'oro che contenevano.

Oppure far diventare il mio cuore di ardesia.

EGOCENTRISMO

La poesia si respirava nell'aria quella sera estiva. Lo scrittore sembrava un pianista mentre i martelletti della macchina da scrivere formavano una melodia che avvolgeva l'anima. Non era solo poesia.

Era Venere che nasceva.

Quella femmina meravigliosa che era l'ispirazione era tornato a trovarlo, a cercarlo, a baciarlo.

E lui, dopo mesi di corteggiamento, non poteva respingerla.

Lo stava violentando, brutale, a tratti fastidiosa. Ma era li.

Per un attimo l'aveva evitata ma lei era come l'Hydra, ogni testa tagliata ne spuntavano due, e alla fine si era arreso.

Scriveva senza fermarsi, mentre la luna donava un aspetto teatrale a quel foglio sporcato da parole.

Erano le sue parole, quello che aveva dentro, si stava svuotando come dopo l'amore, come dopo il sesso.

Come dopo le lacrime amare che aveva versato, inutili, vuote.

Non rileggeva ciò che scriveva, preso dall'ossessione di quei versi.

Non gli importava chi li avrebbe letti, interpretati, studiati, scartati.

Non gli importava neppure SE gli avrebbero letti, interpretati, studiati, trattati con disprezzo. Stava scrivendo.

E lo stava facendo solo per se stesso.

Stava colmando il vuoto che aveva dentro, che
sembrava una voragine, un abisso, la buca nella
sabbia di un bambino mai coperta.
Ed era felice.

TRE CAPITOLI PRIMA DI CAPITOLARE.

Capitolo 1

Navigavo in acque così basse da vederne il fondale, senza l'ombra di un attracco o un porto sicuro.

Ero uno scrittore, con un blocco così enorme da sembrare una fortezza inespugnabile, un muro invalicabile.

Ero una pagina bianca, priva di note a margine.

Così mi sentivo quell'Aprile, in quel pub semi deserto. Un fallito con la voglia di riscrivere la propria vita e nessun vocabolo per iniziare a farlo.

Credo esista poco al mondo di più inutile di uno scrittore che non sa più scrivere.

Cercavo l'ispirazione come se fosse una pietra preziosa nascosta nei meandri più nascosti della terra, e faticavo a trovarla, quasi come se cambiasse posto ogni volta che mi ci facevo più vicino.

Il ghiaccio del mio drink iniziava a sciogliersi ed io avevo bisogno di una sigaretta, quasi fosse un premio alla mia autocommiserazione.

Mi alzai lentamente, lasciando i soldi del drink sul bancone, diretto a testa bassa verso l'uscita.

Fu lì che la incrociai, fu un attimo.

Io stavo uscendo, lei entrando, quasi ci scontrammo sulla porta.

"Prego." Dissi facendola passare. La guardai negli occhi mentre mi sfilava davanti.

Erano il verde più intenso che avessi mai visto.

Fui inghiottito in quel mare chiaro, come un naufrago in mezzo alle onde inarrestabili, un lampo. Uscii, cercando le sigarette nelle tasche, oramai ne restavano poche e volevo godermele. La testa ancora in rotta verso l'abisso di quelle iridi.

Finì prima di quanto mi aspettassi. Con la mente assorta gettai il mozzicone e rientrai, cercando con lo sguardo dove potesse essersi seduta.

Era da sola al bancone, sembrava conoscere il barista, ci scherzava.

Ma era troppo vecchio per lei, non poteva essere niente di più di un amico. O forse, mi stavo solo autoconvincendo di ciò.

Aveva una camicetta bianca, restava tesa sul petto, come se un bottone potesse saltare da un momento all'altro. Gesticolava sorridendo.

Le unghie curate sembravano danzare nell'aria, disegnare figure astratte per poi cancellarle con il gesto successivo.

Chiesi da bere, lei si voltò fissando i suoi occhi nei miei. Fu come se mi stesse trafiggendo una parte di me che avevo dimenticato di avere.

Spostò una ciocca di capelli dorati dietro l'orecchio, con una sensualità che mai avevo visto in una donna.

"Tu sei Alex vero?" La sua voce sembrava il suono di un violino.

"Si, ci siamo già visti?" Pensai di averla già incontrata da qualche parte, quindi rimasi sulla difensiva attendendo la sua risposta.

"Oh no, credo di no. Non sono di qui, sono qui solo a trovare mia zia. Mi chiamo Chiara." Sorrise porgendomi la mano. Sentii tintinnare dei braccialetti.

"Alex, anche se il mio nome a quanto pare lo sai già." Ricambiai il sorriso tenendo i miei occhi puntati nei suoi, cercando di scrutarle dentro.

Il volto era un ovale perfetto, quasi un dipinto di qualche artista affermato.

"Sì, ho letto qualcosa di tuo e ti ho riconosciuto dalla foto in quarta di copertina. Cosa bevi?"

"Bourbon, tu?"

"Per me un Gin Lemon, con poco ghiaccio e senza limone." Si voltò di nuovo verso di me.

"Mi tieni compagnia? Sono curiosa di sapere a cosa stai lavorando."

"C'è poco da sapere allora." Pagò lei anche il mio drink, lo presi come un omaggio postumo alla mia defunta creatività.

Ci sedemmo ad un tavolo lì vicino, lei sembrò più che sedersi appoggiarsi, librarsi come una farfalla su un fiore, in attesa di succhiare il nettare delle mie parole.

Continuò a fissarmi, con quegli smeraldi cangianti.

Conosceva il potere che esercitava il suo sguardo e ci stava giocando, come un gatto col topo.

"Cosa stai scrivendo? Un romanzo? Un racconto?"

"Niente. Non ho più niente da dire. Niente di cui valga la pena scrivere."

Bevve un lungo sorso, le labbra avvolte alla cannuccia, così sensuali da apparire irreali. Aggrottò le sopracciglia.

"Non ci credo che non hai più niente di cui parlare. Ho detto di aver letto qualcosa di tuo, era una mezza verità. Ho letteralmente divorato i tuoi libri.

Erano così reali, così vivi. Non posso credere tu abbia perso l'ispirazione d'un tratto."

"Sono in un tunnel, tutto qui. E la luce sembra allontanarsi ad ogni passo. Non mi emoziono più, forse sto semplicemente inaridendomi."

"Capisco." Ma non sembrò essere la verità.

"Tu invece, di che ti occupi?"

"Studio, anche se ho quasi finito. Letteratura inglese. In Inghilterra. Sono qui solo in visita, mia zia è anziana e non la vedo da un pezzo."

"E quanto ti fermi?"

"Tre giorni. Poi riparto, ci sono due esami ad attendermi al mio ritorno, fortuna che sono facili."

Il bourbon mi stava scaldando, la conversazione diventava più sciolta via via che il livello dei nostri bicchieri diminuiva.

Ero inebriato del suo profumo, mi accarezzava.

"Usciamo?" Mi chiese, il bicchiere ormai vuoto tra le dita. Bevvi l'ultimo lungo sorso dal mio, mi alzai.

Appena fuori accesi una sigaretta, sperando la nicotina agisse calmando il mio animo e quella tempesta di emozioni viscerali che stavo vivendo, perduto in quel vortice cristallino dei suoi occhi.

"Hai la macchina?" La sua voce interruppe i miei pensieri.

"Si, è quella laggiù." Indicai una vecchia Ford Fiesta che aveva sicuramente visto anni migliori. Qualche ammaccatura sul cofano e un faro rotto. Ma era rimasta fedele al padrone come un cane nonostante le percosse.

"Vieni, ti faccio vedere una cosa, magari ti torna l'ispirazione."

Salì, accesi l'auto e partimmo. Non sapevo dove mi avrebbe portato, mi lasciavo guidare, tenendo d'occhio la strada per vedere se notavo qualcosa di familiare.

Ogni tanto cercavo il suo sguardo, brevi attimi di purgatorio.

"Ok, la prossima a sinistra, poi la prima a destra."

La strada stava salendo, affrontai due tornanti prima di ritrovarmi in un parcheggio. Era deserto.

"Guarda." Disse scendendo di macchina con la grazia di una libellula.

Scesi. Ai miei piedi la città, illuminata come se fosse pieno giorno.

Potevo vedere i fari delle macchine, la luce tremolante dei lampioni. Un treno l'attraversò come violentandola, passando veloce per poi sparire dietro una curva.

"Come fai a non provare niente quassù, non so te, ma io venivo qui qualche anno fa. Questo posto mi fa sentire piccola, una formica nelle mani di qualcosa di più grande. Non lo senti il vuoto? Non ti va di riempirlo di parole questo abisso?"

Mentre parlava sembrava accesa di un'aurea mistica, le sopracciglia aggrottate, le mani che si muovevano irrequiete.

Si era avvicinata, sentivo il suo alito mescolarsi al mio. Non potei resistere.

Quel profumo sembrava inebetirmi i sensi.

Fu un bacio intenso, dolce. Fu un mangiarsi a vicenda per poi cercarsi nell'altro.

Poco più in là il canto dei grilli sembrava il suono di un'orchestra.

La sollevai, alzando la gonna leggera sopra la vita.

Cercai il suo fiore, la rugiada iniziava a bagnare il prato su cui la sdraiai, leggero.
Mentre univamo i nostri corpi in attesa dell'alba, mi sentivo meno vuoto, meno smarrito.

Capitolo 2

Il suono martellante del telefono mi strappò dal sonno. Ci misi un po' a mettere a fuoco la stanza, la bocca impastata dai drink della sera prima.
Era il padrone di casa, voleva il suo dannato affitto, voleva parte della mia vita.
Riagganciai con la promessa di saldare il debito e la minaccia di uno sfratto imminente.
Fissai la macchina da scrivere, in un angolo.
Il solito foglio bianco che spuntava dagli ingranaggi.
Era lì da mesi ormai, stava ingiallendo alterando il suo pallore.
Pagavo la pigione con i parti viscerali della mia mente e sembravo diventato sterile. Ero un ramo secco.
Vivevo in una sorta di menopausa creativa, mi sedevo, fissavo il foglio e non piantavo alcun seme.
Pensai a Chiara.
Da qualche parte dovevo aver messo il biglietto con il suo indirizzo e il suo numero di telefono.
Frugai nelle tasche dei jeans appallottolati sulla sedia, li svuotai. Niente.
Forse era destino. L'avventura di una notte, come la vita di una falena.
Entrai in doccia scansando i panni sporchi sul pavimento, mi sentivo uno di loro, spremuto come una spugna ormai vecchia, incapace di rialzarmi e darmi una ripulita.
Il lavandino perdeva da mesi oramai, quel suono accompagnava le mie notti, facendomi da compagno.

Quella topaia mi stava estinguendo ogni forma di vitalità

Eppure ieri mi ero sentito vivo. Mi ero sentito pieno.

Dovevo trovare quel numero.

Mi vestii rapidamente, deciso a fare un ultimo tentativo. Dovevo frugare in auto, sicuramente doveva essermi caduto lì.

Rovistai tra bottiglie ormai vuote e volantini di supermarket e take away finchè non lo trovai, incastrato tra i due sedili, quasi volesse nascondersi.

Mi colpì la grafia pulita, aggraziata. Sembrava rispecchiarla.

Memorizzai il numero salendo le scale, deciso a chiamarla, a rivederla prima che sparisse del tutto.

Rispose al terzo squillo, la voce sicura di chi era sveglio da un pezzo.

"Chi è?"

"Ciao, sono Alex, scusa se ti chiamo a quest'ora"

"Alex, non pensavo mi avresti richiamato, mi fa piacere."

"Ti voglio rivedere, prima che parti. Ti dispiace se ti passo a prendere?"

Fissammo.

Arrivai sotto casa sua con venti minuti di anticipo, ansioso di rivederla.

La radio dell'auto gracchiava una canzone di Bob Dylan.

Dopo un tempo che mi parve infinito scese, bella come la brezza estiva in un giorno di calura.

Sorrideva, sentii qualcosa rimescolarmi dentro. Non erano farfalle.

Erano locuste voraci, volevano un pezzo di me.
Ci salutammo.
"Hai fame? Mangiamo un boccone da qualche parte."
"So io un posto qui vicino, c'è un baracchino che fa delle piadine favolose."
Guidai fino a lì, in macchina parlammo dei suoi studi e dei miei libri, ciò che preferiva del mio modo di scrivere e ciò che la lasciava perfetta. Era bellissima mentre argomentava le sue ragioni, faticavo a tenere gli occhi sulla strada, continuavano a posarsi sulla curva delle sue labbra.
Parcheggiai, ordinammo due piadine e pagò lei. Sembrava conoscere la mia situazione.
Optammo per andare a mangiarle nel prato lì vicino, sdraiati nell'erba asciutta all'ombra di un salice.
"Chi ti ispira? Come hai iniziato a scrivere?"
"Mi capitò tra le mani un libro di Fante, da ragazzo. Fu come un colpo di fulmine. Scriveva in maniera così reale che mi sembrava di essere parte della storia. E volevo fare lo stesso."
"Beh, ci sei riuscito. Sai, adoro il modo in cui tratti la materia che vivi, come la stravolgi con le parole. Ieri sera, mentre eri dentro di me ho capito che scrivi come fai l'amore. Sei istintivo ma sai dove ti porta quel fiume di vocaboli."
"Il fiume oramai è diventato un ruscello, secco. La sorgente è esaurita."
"Tornerai a scrivere, quando meno te lo aspetti."
Finimmo di mangiare.
Cacciò un urlo quando un'ape le si avvicinò ronzante. Risi, prendendola in giro.

Era stupenda anche col volto distorto dalla paura.
"Sono terrorizzata dagli insetti! Smetti di ridere!"
Sorrideva anche lei, e io sentii dei brividi accarezzarmi l'anima.
"Tu non hai paura di niente? Fai così lo spavaldo ma ognuno ha le sue fobie." Adoravo ogni vocabolo che usciva da quelle labbra, quasi che fossero dardi scagliati da Cupido.
"No. Non ho fobie."
"Non ci credo, di qualcosa avrai paura, non è normale averne. Pensaci bene."
Ci pensai.
"La gente."
"La gente? Come si fa ad avere paura della gente. L'hai sempre intorno!"
"Sì, e mi dà ansia. La gente pretende sempre qualcosa da te. Sempre. E' pronta a giudicare ogni cosa che fai, convinta di poterlo fare meglio di te. Pronta ad usarti fin quando puoi farle comodo. Devi sempre essere all'altezza delle loro aspettative, e se lo sei cercano di alzare il livello per umiliarti quando non lo raggiungi.
Puntano su di te per coprire i loro insuccessi, e quando ti mostri migliore cercano di abbatterti.
Sì. La gente mi spaventa. O meglio, mi crea ansia."
"Scrivi di questo. Esorcizza le tue paure."
Mi sentivo vivo con lei accanto. Parlammo di argomenti così alti da sembrare di essere sulla vetta dell'Olimpo a fianco di grandi pensatori, per poi tornare a discorsi così terreni da poter sentire il fango tra i denti.
La baciai. Le nostre lingue intrecciate come nodi di un marinaio, le mani a cercare le nostre forme.

Il prato era deserto, vuoto come il foglio nella mia macchina da scrivere.
Affondai in lei perdendomi in quegli smeraldi ardenti, accarezzando i suoi capelli che scagliavano bagliori d'oro massiccio.

Capitolo 3

Tornai a casa a notte inoltrata, felice, come mai lo ero stato prima.
L'avrei rivista il giorno dopo, per l'ultima volta, ma non volevo pensarci. Mi stavo godendo tutto ciò che poteva offrirmi.
Odiavo gli addii, non sapevo gestirli.
Il foglio bianco sembrava scrutarmi nella penombra. Mi ci sedetti davanti, i tasti sembravano demoni, ardenti.
Non riuscivo a sfiorarli. Ma quel foglio mi sfidava da mesi, da secoli.
Sentii tornare il vuoto. Mi versai del whiskey di seconda mano, bevvi avido quel nettare, ma non bastò.
Il letto mi chiamava, sussurrava parole al miele.
Mi ci intrufolai, in posizione fetale, quasi a trattenere il poco calore rimastomi dentro.
Pensai a Chiara prima di sprofondare nel buio.
Passai una notte senza sogni, come tante altre. Mi svegliai con il campanello che suonava, martellante.
Era lei.
Indossai dei jeans e una camicia e corsi ad aprirle.
Mi accolse un abito floreale e un sorriso così bianco da sembrare neve.
Cercai le sue labbra, avido. La mano impigliata tra i suoi capelli, quasi temessi che potesse fuggire da un momento all'altro.
Si staccò.
"Quindi è qui che… crei"
Si guardò intorno curiosa.

"Creavo, credo sia questo il tempo verbale giusto."
"Finiscila!" Sorrise. Volevo quelle labbra.
Le cercai nuovamente.
"Dove andiamo?" Le chiesi.
Il sole fuori dalla finestra sembrava sonnecchiare.
"Per ora qui." Sorrise maliziosa mentre si sfilava il vestito. La sua nudità mi seccò la bocca, sconquassandomi l'animo.
L'avvolsi.
Su quel letto ormai privo di sogni creammo un angolo di paradiso.
Fu come se ognuno di noi cercasse di lasciare qualcosa nell'anima dell'altro, un ricordo, un segno di passaggio.
Restammo abbracciati a lungo prima di raccogliere i vestiti sparsi sul pavimento, quasi che una tempesta avesse attraversato quella bettola.
Si sedette sul bordo del letto, l'espressione assorta.
Fissava la libreria sull'altro lato della stanza.
"E' questo che leggi?"
Sfogliò qualche libro, aprendolo e rimettendolo apposto. Guardò il foglio bianco nella macchina da scrivere.
"Prima o poi lo riempirai, e dopo quello ne riempirai un altro. Non sei vuoto come pensi Alex"
"Si ma il poi sembra non arrivare."
"Più ci pensi meno verrà qualcosa, usciamo."
Uscimmo.
Le presi la mano mentre camminavamo per la città che stava riprendendo la sua frenetica vita dopo il silenzio della notte.
"Ho l'aereo tra due ore."
M'incupii.

"Vorrei che restassi, vorrei tenerti per me."
"Alex…"
"Lo so, sono solo fantasie, ma sento che con te potrei tornare a scrivere. Sei come una musa, quei tuoi occhi possono accendermi l'anima."
"Forse tornerò, quando presenterai il nuovo libro sarò tra il pubblico."
Sorrise.
Quel sorriso mi stava uccidendo. Cercai di nuovo le sue labbra. Eravamo un incastro perfetto.
L'accompagnai all'aeroporto.
In attesa del volo mi godetti ogni istante di quegli ultimi attimi.
Odiavo gli aeroporti, mi sembravano troppo privi di anima per essere partecipi di un addio.
Cercavo di imprimere nella mia mente ogni sua espressione, ogni gesto. Il suono dei suoi braccialetti quando gesticolava parlandomi.
Il suono cristallino della sua voce.
I suoi occhi non serviva li imprimessi nella mente, ci si erano già incastrati dal primo incontro.
Quando fu il momento di salutarla il groppo in gola sembrò cercare di soffocarmi.
Lei sorrise, mormorando un "a presto" poco convincente.
Mi sentii svuotato, come se l'abisso fosse tornato a corteggiarmi.
Uscii dall'aeroporto accendendo una sigaretta, sperando di spingere giù il nodo che mi avvolgeva la laringe.
Guidai in maniera meccanica fino a casa, quasi che la strada non avesse più importanza.
Salii.

L'appartamento senza di lei sembrava vuoto.
Ci aveva passato poco più di due ore ma sembrava
fosse sempre stata lì.
Il foglio ancora lì, immobile.
Fui tentato di appallottolarlo, scagliarlo in un
angolo, strapparlo e farne coriandoli.
Mi sedetti davanti a lui.
Pensai a Chiara.
Scrocchiai le dita, le appoggiai sui tasti d'avorio.
Inizia a battere, meccanicamente, la stanza avvolta
da quel suono che un tempo mi era stato familiare.
"Navigavo in acque così basse da vederne il
fondale, senza l'ombra di un attracco o un porto
sicuro."
Era un buon inizio.

PAROLE

"Le parole hanno un peso "
Pensó Bill guardando la sua donna andarsene fiera,
con le sue palle nella tasca posteriore dei jeans.
E lui con le parole ci aveva giocato.
Era fatto così Bill.
La sua lingua era un plettro che poteva accarezzare
corde o pizzicarle, creare melodie o frastuono.
Ma lì si fermava.
Le parole restano parole.
Ma pesano come macigni, e quando ne pronunci
tante, troppe , la frana diventa inevitabile,
inarrestabile, ineluttabile.
E lui quella frana l'aveva provata ad arginare senza
riuscirci, vittima della sua dote divina che era allo
stesso tempo una maledizione.
Aveva sbagliato a lasciarla sola per un tempo
troppo lungo per la mente di una donna.
Perché le donne se le lasci sole pensano.
E quando una donna pensa sei già nell'occhio del
ciclone.
Tu pensi di fregarla e lei è un passo avanti a te.
Te pensi di salvarti e sei già ad affrontare la
tempesta.
Bill lo aveva imparato a sue spese, e il prezzo era
troppo alto per pagarlo in una sola vita.
Con lei, da quella porta, erano uscite le sue
speranze, come un vaso di Pandora mal custodito.
E aveva capito che si poteva morire.
Senza che il corpo smettesse di vivere.

IL VOLO

Ero seduto sul bordo del marciapiede, catatonico. La luce dei lampioni vorticava incessantemente, come i miei pensieri.

Guardai il telefono, le tre di notte.

Troppo presto per l'alba, troppo tardi per dormire.

Il pub era chiuso oramai, ma ero riuscito a trafugare da dietro il bancone un'ultima bottiglia di rum invecchiato con cui stordirmi i sensi.

Cancellare la mia vita.

Cancellare le mie scelte. Scellerate, impulsive, fatali.

La gola riarsa dal fumo cercò il dolce veleno del liquore, un palliativo, lo sapevo bene, ma era ciò che mi restava.

Quando la sorte ti è benevola c'è sempre un dettaglio che andrà storto, un tarlo che piano piano rode la tua sicurezza, la tua felicità.

Pensai di scriverle.

Pensai di andare sotto casa sua.

A gridare, vomitare, dare sfogo alla mia angoscia.

Quando i sogni diventano frammenti di coccio non puoi passarci in mezzo senza il rischio di tagliarti.

E di questo ero consapevole.

Ma non erano i tagli a spaventarmi.

Erano le infezioni che provocavano.

E sapevo che per quelle non c'era penicillina che potesse salvarmi.

Bevvi un altro lungo sorso.

Cercai il conforto di una sigaretta che calmasse i nervi, la gettai a metà quando mi scappò un conato.

Provai ad alzarmi, il mondo intorno a me ruotò

sull'asse, un giro completo che mi rigettò a terra.
Ma forse quello era il posto più sicuro.
Il posto adatto a me.
Perché se non provi mai a volare non corri nessun rischio di cadere.

LA FABBRICA

La sveglia sembrò suonare prima quel mattino.

Il calore delle coperte era un richiamo troppo dolce per resistervi, ma si alzò, con lentezza, come se fosse un addio.

Un bacio rapido alla moglie, che ancora godeva dell'abbraccio tiepido di Morfeo, un caffè riscaldato in fretta, avanzato la sera precedente.

Il gelo dell'auto.

Il traffico.

Ogni mattina da trent'anni la stessa routine.

Quella fabbrica gli aveva strappato gli anni migliori.

Lo accolse il rumore dei telai, martellante, monotono, continuo.

Invadente.

Un trapano nella testa che aveva perforato i suoi sogni. E ne aveva di sogni, li aveva cullati per poi vederli trafitti dai dardi della miseria.

Pensò alla sua vita, imprigionata in turni di dodici ore e frastuono.

Un mutuo da pagare che gli succhiava il sangue e una moglie invecchiata anzitempo, nella solitudine delle mura domestiche.

Era bella sua moglie.

Una forza della natura con gli occhi cristallini, lasciata appassire nel gelo di un appartamento spartano ancora di proprietà della banca.

Finì il suo turno, esausto, le gambe stanche e il ronzio nelle orecchie.

Il timbro del cartellino sembrò il canto di un cherubino.

Aveva voglia di una birra ghiacciata.
Due birre ghiacciate.
Magari tre.
L'alcol era l'ultima gioia che gli restava, veleno dal sapore così dolce da ammaliarlo.
Il bar era pieno.
Aspettò paziente il suo turno, pagò.
Il primo sorso fu il bacio di Venere per Anchise.
Deglutì.
La prima bottiglia finì in un lampo, si alzò per chiedere la seconda.
Alla terza la mente iniziò a vagare, malinconica, cupa, subdola.
Pensò che quella sera sarebbe tornato a casa, avrebbe abbracciato sua moglie.
Fatto le valigie.
Avrebbe acquistato due biglietti e se ne sarebbe andato, con sua moglie a fianco.
Un'altra vita, un nuovo sogno da far crescere e una spiaggia bianca su cui invecchiare.
Ma fu un lampo.
Solo un maledettismo lampo.
Prima che la sua vita lo fagocitasse.

GELO

Il freddo entrava nelle vene, gelava il sangue e la vita.

Gelava le emozioni, come un blocco di cemento, una pressa sui sentimenti.

La neve candida aveva coperto tutto, incolore. Come me.

Sembrava riflettermi, ma in quanto riflesso non era che una pallida imitazione.

Io ero altro.

O almeno lo speravo.

Camminavo, nel bianco latte, fantasma, vittima della mia fervida fantasia.

Dei miei sogni.

Ero Lazzaro.

Ero Ulisse.

Avevo passato tempeste e uragani.

Ed ognuna mi aveva portato via una parte di anima, ma non tutta.

Qualcosa restava, nell'incoscienza del mio malessere.

Nei reconditi anfratti del mio subconscio.

Ed era la parte a cui mi aggrappavo, naufrago della vita.

Ma il freddo congelava il respiro, toglieva l'ossigeno, trasformandolo in veleno per i miei polmoni.

Ma la brace non era spenta.

Sopita attendeva il vento, per animarsi e polverizzare la malinconia.

SOGNI

Aveva rimosso i sogni, strappati alla radice come la malerba.

Qualcuno rimosso chirurgicamente, a colpi di bisturi e penicillina.

Ed ero vuoto, una sagoma scolpita nel marmo, una statua antica.

Il vento e le intemperie mi avrebbero lavorato, scolpito, modellato, ma non sgretolato.

Imperituro.

Eretto, privo si sentimenti.

Quei sentimenti che ingobbiscono l'essere umano, lo schiacciano come una pressa continua, come una goccia d'acqua scava la roccia, imperterrita, instancabile.

Ero su una nuvola, lontano dal mondo terreno.

Senza sogni un uomo può morire.

Ma può anche sopravvivere.

Pallida ombra di ciò che era ma superstite agli affanni dei sentimenti.

Ed io ero così, un'ombra innamorata di una luce che mi avrebbe cancellato del tutto, e quindi ne stavo lontano per la mia salvezza.

FANGO

La pioggia cadeva, incessante, instancabile, sembrava non avesse fine.

Ticchettava sui vetri, quasi volesse bussare, farmi compagnia, assecondare il mio umore.

Accesi una sigaretta, la milionesima della giornata, sentendo la gola arsa dal fumo cercare l'ossigeno che le mancava.

Lo sguardo perso nel vuoto, immobile, come a chi hanno strappato i sogni dall'iride.

Bevvi, scaldando lo stomaco col vino, assopendo l'anima, annichilendo i sensi.

Pioveva.

Piangeva anche il cielo, come se mi stesse capendo.

Ero stordito, come un pugile poco svelto di mente e di gambe, stavo incassando senza riuscire a rispondere ai colpi.

Ma non volevo andare al tappeto, non potevo.

Dovevo restare in piedi, per orgoglio, amor proprio, per dimostrarmi più instancabile del mio avversario.

Bevvi, svuotai il calice, in modo automatico lo riempii   nuovamente.

La bottiglia rotolò a terra, vuota, come ero io.

Pioveva, e sembrava che lo stesse facendo da sempre.

La vita mi stava mettendo alla prova e io non ero certo di essere pronto a superare i suoi esami, le sue pretese.

Ero un pessimo alunno, così come ero un pessimo

insegnante.

Ero solo in un limbo di amarezza.

Mi alzai a prendere un'altra bottiglia, barcollando.

Lo specchio incrociò il mio riflesso, come l'ennesimo gancio alla tempia.

Gli occhi infossati, spiritati, circondati da occhiaie.

La barba incolta, i vestiti dimessi.

Non ero io quel pallido riflesso, non potevo essere io.

Fu come svegliarmi, fu come se messo alle corde cercassi una reazione.

Un colpo che potesse essere fatale.

Pioveva.

E non potevo andare al tappeto, non adesso.

Non potevo sporcarmi di tutto quel fango.

MONTAGNA

Sembravano essere passate ore da quando mi ero messo in viaggio.

Su quella mulattiera dimenticata da Dio la mia auto affrontava nervosa le curve, una dopo l'altra, infinite.

Lei, al mio fianco non aveva chiuso la bocca un istante.

Sembrava una mitragliatrice, che sparava proiettili a salve.

Erano parole così vuote da svanire appena varcavano le sue labbra.

Ma continuava a pronunciarle.

Avevo provato ad arginare quel torrente di sillabe, inutilmente.

Bramavo il silenzio, il suono del motore come sottofondo alle mie elucubrazioni.

Provai ad alzare la radio, la sua voce aumentò di volume.

Parole vuote.

L'avevo amata Elisa. Un tempo così lontano da sembrare storia oramai.

Poi quell'amore si era trasformato in sopportazione, la sopportazione in indifferenza, l'indifferenza in astio.

Avevo provato a dirglielo, ma mi aveva sommerso di frasi, tanto da sconvolgere le mie idee, farle cambiare.

Mi ero pentito. Pensavo oramai di dover sopportare quel fardello, un giovane Atlante con quel piccolo mondo da portare sulle spalle.

"Ci siamo quasi." Riuscii a intromettermi tra una sua presa di fiato e l'altra.

Degli amici comuni ci avevano invitato in montagna, per passare il capodanno in compagnia. Insieme.

Non avevo trovato nessuna buona scusa per declinare l'invito senza apparire più asociale di quanto già non venissi descritto.

Quindi eccomi qui, su una strada che sembrava portare dritta nella bocca del Diavolo accanto a una persona che a malapena riuscivo a sopportare.

Un'altra curva.

I lati della strada iniziavano a coprirsi di neve candida, il termometro segnava un -4 scoraggiante.

Finalmente vidi una fila di auto parcheggiate lungo il ciglio, ne riconobbi qualcuna, altre mi erano ignote.

Parcheggiai in coda alle altre vetture, le ruote immerse nella neve. Sperai di riuscire a ripartire il mattino seguente, ma con poca convinzione.

Qualcuno mi avrebbe dato una mano.

"Stasera voglio bere" Mi voltai. Era forse l'unica frase che avevo compreso, mi stupì.

Non beveva Elisa.

Non reggeva, l'avevo vista una volta al termine di un bicchiere di vino.

Me l'ero dovuta caricare in spalla per riportarla a casa.

"Come vuoi. Tanto dobbiamo dormire qui."

L'aria gelida fu uno schiaffo, il vento sibilava tra gli alberi, bianco ovunque.

Sembrava di essere in un mondo ovattato, sentii le dita intorpidirsi.

Dovevamo camminare su per un sentiero, ripido e insidioso.

Lei cercava di vincere il suono del vento vomitando parole.

Cominciava ogni frase con "IO"

Io. Io. Io.

Mi avvolsi di più nel più nel piumino, accelerando il passo. Speravo di lasciarla abbastanza indietro da non sentire il suono sgradevole della sua voce.

Arrivammo al complesso di case che ospitavano la festa. Si sentiva la musica da lontano nonostante il vento.

Bussai.

Ci aprirono una coppia che non conoscevo, già visibilmente alticcia, le guance arrossate per l'alcol e il caldo della stanza.

Musica, altissima.

Odore di sudore, di corpi, di alcol. Una trentina di persone si stavano dimenando in una stanza grande quanto il mio salotto.

Fu un incrocio di saluti, presentazioni, baci.

Lei sembrava aver trovato già qualcuno che sopportasse i suoi sproloqui.

Un ragazzo alto, con la faccia butterata e un sorriso cattivo.

Non lo conoscevo, ma se riusciva a sopportarla potevo benedirlo.

Su un tavolino c'era una serie infinita di bottiglie, un secchio con del ghiaccio e qualche bicchiere di plastica rovesciato.

Mi preparai un cocktail abbastanza forte da permettermi di sopravvivere.

Lei mi si avvinò chiedendomi di preparagliene uno.
Mi abbracciò baciandomi. Un bacio viscido.
"Va bene, ma uno. Lo sai che non reggi."
Cercai di dosare le quantità, alleggerendoglielo con del succo alla pesca.
Bevve un primo sorso, un secondo.
La osservavo di sottecchi, aspettando il tracollo, ma sembrò non arrivare.
Si allontanò con il ragazzo alto dalla faccia butterata. Stava ancora parlando. Lui aveva l'aria di chi inizia a stancarsi ma non sa come uscire da una conversazione senza offendere la controparte.
Che poi, una conversazione non era.
Lui si limitava ad annuire e fare smorfie. Lei a inondarlo di sterili vocaboli.
Dovevo pisciare, uscii.
Il gelo mi avvolse di nuovo, sporcai quel candido manto con il frutto marcio dei miei reni.
Rientrai.
La cercai nella sala dove la massa stava ballando.
Si muoveva fuori tempo, iniziava a dare segni di squilibrio.
Muoveva solo la testa, i capelli a coprirle gli occhi. Ciondolava.
Mi vide.
"IO reggo. Vedi? Posso bere. Tu non mi porti mai a bere." Stava sbiascicando.
Mi allontanai, cercando qualcosa da mettere sotto i denti, evitando quel demone che diceva di essere la mia ragazza.
Mi persi in chiacchiere con qualche amico di vecchia data, rivangando il passato, la scuola, le donne.

Era roba come "ti ricordi quella volta.." e via con un aneddoto.

"Alex, vieni a vedere la tua ragazza! Vedi di calmarla!" Sentii chiamarmi dall'altra stanza, la voce alta per sovrastare la musica.

Stava accapigliandosi con un ragazzo per una bottiglia d'acqua. Sembrava quasi la conquista di una vita, il Santo Graal.

Il volto sfigurato dall'unica bevuta che aveva consumato. La portai via.

Cercai una poltrona, le dissi di aspettarmi.

Tornai con una bottiglia di acqua piena, gliela porsi mentre lei mi continuava a parlare, interrompendosi solo per bere.

Parlava di sè. Di quello che era. Di quello che credeva di essere.

"Stai ferma qui, aspetta di riprenderti prima di tornare di là."

Mi guardò con gli occhi semichiusi, annui. I capelli a coprirle la faccia, spettinati dal vento e dalla sua mano ubriaca.

Mi allontanai abbandonandola al suo destino. Potevo finalmente godermi la serata.

Dopo circa un'ora la trovai nella stessa posizione, addormentata, incurante della musica e della folla intorno.

La svegliai.

"E' quasi mezzanotte."

Sembrò uscire da un incubo.

"Dove siamo?"

"In montagna, è capodanno, quasi mezzanotte."

"IO voglio dormire, lasciami stare."

Così feci. La lasciai lì. Andai a brindare, spumante in bicchieri di carta, in parte sulla neve, in parte nelle nostre gole.

Continuai la serata fino all'alba, cercando di bere senza ubriacarmi, mantenendo la mente lucida.

Erano le sei quando tornai da lei.

La musica ormai spenta, la brace del camino che aveva seguito lo stesso destino.

Dormiva, nella stessa posizione.

Mi godei quel silenzio, quella pace, interrotta solo dal suo sbuffare di tanto in tanto.

Era bella quando dormiva, con i capelli che le incorniciavano il viso e le labbra carnose protese.

Il problema era quando si svegliava.

Mi misi accanto a lei, addormentandomi all'istante.

Su quella poltrona scomoda, quasi in bilico, dormii un sonno agitato.

Mi svegliarono le voci degli altri ragazzi che chiacchieravano nella stanza di fianco, alte, fuori luogo.

La scossi.

Aprì gli occhi in cui vidi un iniziale smarrimento.

"Io mi sa che non devo bere."

"Già..."

Mi alzai porgendole la mano per aiutarla a mettersi in posizione eretta.

Facemmo colazione, ripartimmo abbandonando quel posto ameno immerso nel bianco.

Troppo bianco, quasi irreale.

Lungo la strada continuò a parlare, sovrastando l'autoradio e i miei pensieri.

Arrivammo sotto casa sua, prima di scendere mi guardò.

Mi accorsi che stava piangendo, calde lacrime scivolavano verso l'angolo della bocca.
"Alex, non va più, IO merito di meglio."
"Anche io." Le risposi.
Lasciandola sul marciapiede e ripartendo, con lei che si faceva più piccola man mano che la distanza aumentava.

RICORDI

Da piccolo leggevo.

Passavo le mie giornate col naso immerso in qualche tomo, staccando gli occhi dalle pagine solo per riposare la vista.

La realtà che mi circondava non aveva importanza, sentivo mia madre che mi parlava ma senza ascoltarla veramente.

I miei compagni di scuola volevano diventare calciatori, astronauti, piloti.

Io sognavo una vita da pirata, come nei romanzi di Salgari, comandare un sottomarino, viaggiare esplorando il mondo in cerca di tesori.

Chiudevo un libro solo quando era il momento di aprirne un altro.

Mi attirava l'odore della carta e il suono che formavano nella mente certe parole.

Ogni volta ne incontravo una che non mi era familiare mi alzavo, alla ricerca del mio fedele dizionario, ne studiavo la forma e gli utilizzi.

Avevo sete di conoscenza.

Mia madre continuava a comprarmi tomi su tomi, che divoravo in pochi giorni.

I libri costavano.

E io ne consumavo più di quanto una normale famiglia borghese potesse permettersi.

"Fatti la tessera della biblioteca, almeno prendi i libri in prestito e ne leggi quanti ne vuoi." Mi disse quando compii dieci anni.

Feci la tessera.

Ogni due giorni montavo sulla mia fedele BMX, di colore azzurro e rifiniture gialle, attraversavo la città pedalando forsennatamente per raggiungere la biblioteca centrale.

Quasi non mi accorgevo del tragitto, tanto ero preso dalla meta.

Ci passavo ore tra quegli scaffali.

Ero attratto dalle copertine più che dagli autori.

Leggevo di tutto, non mi interessavo dell'argomento, bastava contenessero parole su parole.

Più erano voluminosi e più mi attraevano.

Qualcuno, dopo pochi capitoli, lo abbandonavo.

Troppo noioso, troppo statico, troppo pomposo.

Mi dovevano catturare, stravolgere la mia fantasia di bambino, farmi viaggiare.

Ricordo la bibliotecaria, era sempre la stessa.

Una tipa bassa col faccione rotondo e un paio di occhiali sproporzionati.

Un sorriso gentile.

Chiedevo sempre se c'era qualcosa di nuovo, e lei mi mostrava autori a me sconosciuti, spiegandomi di cosa trattavano.

Mi piaceva quella bibliotecaria.

Aveva l'aria materna e passione per la polvere e per la carta.

La sentivo affine.

Pensavo che da grande avrei voluto una donna così, una casa con una libreria talmente enorme da poterci trovare di tutto, da circondarmi, da saziarmi.

A scuola andavo bene ma odiavo le letture imposte.

Non sopportavo Manzoni, troppo tronfio, costruito, irreale.

Ogni volta ero costretto a leggere qualcosa di suo venivo preso da conati.

Un intero anno studiando un'opera che per me era come uno scrigno vuoto di qualunque prezioso, mi appariva un enorme spreco del mio tempo.

Stesso trattamento lo riservavo alle letture estive, impostomi dagli insegnanti.

Trovavo quei libri banali, qualcosa di già letto, già sentito.

Vecchio.

Erano libri per ragazzi e io bramavo letture più adulte, mature.

Incontrai Fante, Ferlinghetti, Corso.

Mi presero le viscere, ribaltandomele.

Erano letture vive. Forti. Sentivo il ritmo del sangue pulsare da quelle pagine.

Mi ci abbandonai.

Erano come rullanti di una batteria, picchiavano sugli angoli della mente con concetti così semplici da apparire complessi.

Ed erano reali. Veri.

Tornai spesso in quella biblioteca.

E a volte ci passo ancora, vinto dalla nostalgia.

Chiedendomi che fine abbia fatto la bibliotecaria gentile, col viso rotondo e quegli occhiali un po' troppo grandi.

STALLO

"Resti?"

"Alex…"

Non servivano altre parole, mi bastava il mio nome, pronunciato con un sussurro.

Mi dava le spalle, avvolta a metà vita dal lenzuolo.

I suoi capelli disegnavano arazzi dorati sul cuscino.

Arabeschi preziosi in cui volevo perdermi.

La sua schiena liscia sembrava marmo.

L'accarezzai coi miei polpastrelli, partendo dalle spalle, scivolando giù.

Vidi nascere dei brividi caldi.

Arrivai al solco delle natiche, tornai su, usando le unghie.

Conoscevo il percorso, come un navigante esperto.

Quella pelle emanava un profumo ammaliante, ipnotico.

Scivolai di nuovo giù, lei ebbe un fremito di piacere, sentii un mugolio.

Cercai il suo ventre, la sua sorgente.

L'accarezzai.

Si voltò, piantando i suoi occhi nei miei, frementi di piacere.

Ricambiai il suo bacio, affondando in lei come se fosse il mare calmo che cercavo da anni.

Fu un cercarsi a vicenda, guidati dal tatto, dall'olfatto, dal gusto.

Le labbra sembravano unite, come saldate le une alle altre.

"Resta" Ripetei, quando entrambi avevamo bussato alle porte del giardino dell'Eden.

“Non posso.”

Fu come un pugno allo stomaco.

Un gancio, un diretto.

Ero al tappeto.

“Non sei felice?”

“Lo sono, ma non posso restare lo stesso.”

Mi baciò di nuovo, sembrava sul punto di scoppiare in lacrime.

Ma la conoscevo abbastanza per sapere che non lo avrebbe fatto. Era troppo forte, troppo fiera.

No, non avrebbe pianto.

Non lei.

Sapevo che era libera, incapace di legarsi, come un uccello migratore non poteva fermarsi troppo a lungo, per troppo tempo.

Sapeva amare.

Ma sembrava volerselo negare. Come un'auto flagellazione punitiva.

Aveva paura di dimostrarsi fragile.

Lei era una folgore.

Arrivava, illuminava il mondo di una luce accecante per poi andarsene, lasciando solo il rumore della pioggia.

“Quindi che farai?”

“Per ora torno a casa, ho delle cose da sistemare. Poi vedrò.”

“Tornerai?”

“Come sempre.”

“Si ma quando?”

“Non lo so. Alex, ti prego. Non pressarmi. Mi provochi ansia. Sai che ti amo, ma non posso darti quello che chiedi. Non mi sento pronta, ne so se lo sarò mai.”

La baciai, il cuore formò un cappio nello sterno, un nodo scorsoio che mi avvolgeva la carotide.
Giocai coi suoi capelli a lungo quella notte.
Passandomeli tra le dita e rilasciandoli sul cuscino.
Si addormentò, il suo respiro lento, sereno, cullò il mio animo.
La riaccompagnai a casa il mattino seguente.
Ci fermammo lungo la strada per fare di nuovo l'amore.
Per sentirla di nuovo mia. Un'altra volta.
La vidi scendere sotto il suo portone, le valigie ingombranti tra le dita come la mia vita.
Mi lanciò un bacio mentre ripartivo, vedendola rimpicciolire dallo specchietto retrovisore.
Sarebbe tornata, come sempre.
Ma io, io, sarei stato ancora disposto ad aspettarla?

EMOZIONI

Il pub era più deserto del solito quel mercoledì sera.
Sentivo il mormorio degli avventori in sottofondo mentre la radio trasmetteva musica irlandese.
La mia pinta sembrava evaporata nel calore di quella estate torrida.
Mi guardavo intorno, con noia, con speranza, con disperazione.
La paura di invecchiare da soli cresce ad ogni compleanno, e la speranza che non avvenga ha un processo direttamente proporzionale.
La birra restava l'unica donna che mi capisse, e io chiedevo a lei l'amore che davo, sapendo che non avrebbe chiesto niente in cambio. Non avrebbe voluto cambiassi, ne ero certo.
Immerso in questi pensieri la vidi, seduta, composta.
Sorseggiava un Martini mentre scrutava il telefono con aria assorta, come se sfogliasse un buon libro, o la storia della sua vita.
Incrociai il suo sguardo, quando sollevò gli occhi, probabilmente sentendosi osservata, ammirata, violentata nell'animo di quella solitudine.
La mia stessa solitudine.
Ebbi paura, lo stomaco si svuotò d'un tratto.
Nei suoi occhi sembrava regnare l'infinito, ma non l'infinito della poesia che regala speranza, dell'orizzonte, della steppa sconfinata.
L'infinito del vuoto, di un urlo perso nel silenzio, degli abissi senza luce.

Ne fui spaventato e attratto.

Ero un asteroide perso nell'universo che aveva trovato un campo di gravità.

Vidi nel suo sguardo il mio sguardo, nel suo niente il mio niente, nel suo tutto il mio voler cercare qualcosa, anche solo bucare la coltre, trovare la mia anima.

Ero perso in quel ghiaccio, esploratore di me stesso, custode del vuoto.

Indeciso se avvicinarmi col rischio di essere inghiottito da quel buco nero di emozioni o allontanarmi rimasi lì.

Immobile.

La vidi alzarsi, elegante, sinuosa, piena della sua malinconia così simile alla mia.

La porta si aprì su un cielo stellato che la chiamava come una sirena un marinaio smarrito.

Non l'avrei rivista, forse sì, ma che importava. La vita è fatta di emozioni, alcune ti travolgono, altre sono così flebili che sussurrano alla porta dell'anima e si dissolvono nel bicchiere successivo, pronte a tornare a galla quando meno le aspetti, come le cose che smarrisci, come i ricordi.

LACRIME

Sarah era in un angolo, in posizione fetale, stringeva le gambe tra le braccia in maniera spasmodica.

Il mascara colava dagli occhi gonfi, formava una maschera indefinita.

Piccoli cristalli a forma di lacrima bagnavano i pantaloni della tuta, sembrava scandissero il tempo.

Luke urlava, ma lei non lo sentiva.

Era tutto ovattato, anche il dolore.

Neanche si accorse dello schiaffo, o del pugno, o del calcio che stava arrivando.

L'aria nei polmoni uscì di colpo, lasciandola boccheggiante.

Si rannicchiò per vomitare un fiotto di sangue misto a bile.

Pensò al suo matrimonio, a Luke, il giorno delle nozze, con quel completo che mozzava il fiato.

Era bello il suo Luke, si prendeva cura di lei. Certo, beveva molto, ma era un uomo, un uomo vero.

Ricordava quando era nato il loro figlio, lui le aveva portato dei fiori di campo; aveva perso il lavoro e non poteva permettersi di più, ma a lei erano sembrati i fiori del giardino dell'Eden.

Non si era accorta di quanto fosse cambiato, certo, il bere molto si era trasformato in bere troppo, i baci in morsi, le carezze in lividi, ma lei lo amava. Anche quella volta che i vicini avevano chiamato la polizia, maledetti impiccioni, lei aveva detto agli agenti che, nonostante i lividi, era solo un normale litigio. Anche le colleghe a lavoro si impicciavano, Dio quanto le odiava, invidiose del suo matrimonio.

Zitelle inacidite.

Come potevano capire gli uomini.

Come potevano capire l'amore.

Succede che il marito si comporti da uomo, imponga la sua animalesca ferocia, si ripeteva.

Ma quella sera no, non era disposta ad accettarlo. Gli aveva solo chiesto perchè non avesse preparato la cena sapendo che sarebbe tornata tardi e lui, per tutta risposta aveva iniziato ad urlare.

Il volto paonazzo così vicino al suo, le pupille dilatate.

Le vene del collo parevano esplodere, sembravano tanti sentieri che non portavano da nessuna parte.

L'ultima cosa che ricordava era l'odore di alcol nell'alito, in quella bocca che un tempo la baciava con tenera passione.

Poi le percosse, gli urli, i vetri infranti.

Le lacrime.

Fortuna che il figlio era a dormire da un amico, non voleva vedesse tutto ciò, avrebbe pianto.

Come lei.

Un altro calcio la fece rotolare sul pavimento, vicino al tavolo, ancora da apparecchiare.

Piangeva, le lacrime si mescolavano al sangue vermiglio, caldo, denso, passionale come il marito che amava.

Ma quel sangue era suo, e sembrava un tramonto.

Il dolore non c'era più, le urla nemmeno.

Era solo il vuoto.

"Questa è l'ultima volta che succede."

Giurò a sé stessa. Giurò.

Prima di esalare l'ultimo respiro.

UNA NOTTE

Quella notte stava veleggiando, senza sfiorare il timone, senza controllare la rotta. verso il paradiso.

Jimmy aveva passato sei mesi per mare, annegando se stesso tra i flutti, nella monotonia delle onde.

Ma ora c'era lei, era la Venere uscita dalle onde per trafiggerlo col suo amore. Che fosse per una notte o per tutta la vita non aveva importanza.

Aveva detto di chiamarsi Sara, ma per lui era Afrodite, la Dea madre, un'allucinazione.

Aveva solo quella notte prima di tornare nel silenzio assordante del vuoto dei frangenti.

Ma per chi passa una vita insonne, pronto al minimo rollare, sa che una notte può durare più di un'intera vita, e a lui pareva così.

Quando quelle labbra sfioravano la sua pelle, e il calore di lei lo invadeva, era come una pietra scagliata contro il cristallo dei suoi sensi.

Sentiva la sua anima andare in frantumi, a volte, altre, formare cerchi concentrici come l'acqua su cui passava la sua vita.

O la sua eterna notte.

Amava averla nel suo letto, vedere i suoi occhi accendersi, era innamorato, era perso, era folle.

Solo chi ha imparato ad amare la solitudine, a convivere con se stesso, capisce il valore della compagnia.

Gli altri la apprezzano solo perchè non hanno mai passato tanto tempo con la sola compagnia del proprio volto riflesso nel moto del mare.

Per Jimmy lei era l'amore puro, limpido, lo reclamava, verso l'abisso dei sensi.

La sua pelle era alabastro, chiara come le scogliere di Dover, illuminava la stanza, era la Luna.

Per tutta la notte l'amò, assaporò i suoi sospiri.

Si inebriò di quel respiro tiepido, di quei capelli che ricordavano quelle onde che erano per lui amore e sofferenza.

Il giorno dopo il suo peschereccio lo chiamava mentre Poseidone gli sfiorava i capelli sulla nuca.

Il sole stava sorgendo abbandonando il giaciglio del mare.

Jim stringeva tra le mani una bussola e un sorriso sulle labbra.

Non rivide più quella donna ma, a chi chiedeva la sua storia, nei porti del mondo, davanti ad una pinta di birra e un pacchetto di sigarette, raccontava di lei.

Parlava di quella donna che lo aveva strappato dai flutti della sua malinconia e gli aveva donato un sorriso.

E lui l'aveva amata.

Per una notte o per tutta la vita.

Per chi non viene accarezzato da Morfeo spesso non ha importanza.

IL VECCHIO MULINO

Tommy aveva otto anni quando i suoi genitori, decisi a festeggiare come si deve i dieci anni di matrimonio lo lasciarono per tutta l'estate a casa dei nonni.

Mentre salutava il lunotto posteriore della vecchia Mustang che si allontanava Tommy continuava a pensare a come avrebbe fatto a passare l'estate in quel paesino, che contava poche anime, senza amici e con due nonni semi sconosciuti.

Il giorno dopo la partenza dei genitori il nonno, con aria fiera, accompagnò il nipotino nella rimessa dove, tra casse, attrezzi e ragnatele tirò fuori dalla polvere una vecchia bicicletta con la canna arrugginita e le ruote sgonfie.

"Era di tuo padre, sai andare in bici sì? Il paese è tranquillo, ci conosciamo tutti e so che ci sarà sempre qualcuno a tenerti d'occhio...quindi...va' e gioca al piccolo esploratore!" Concluse sorridendo mentre cercava la pompa per le ruote.

Tommy quasi non ci credeva. Nella grande città in cui viveva era impossibile che qualcuno pensasse di dare tanta libertà ad un bambino.

Non se lo fece ripetere due volte, montò in sella e pedalò fin quando non ebbe più fiato. Non sapeva bene dove si era diretto, conosceva la strada del ritorno, non la meta.

Arrivò sulle sponde di un fiume che era metà mattinata, il sole che faceva capolino tra i giunchi della   riva.

Poco distante, ben saldo sulla sponda, un vecchio

mulino si stagliava tra la vegetazione fluviale. La vernice rossa delle tavole di legno era scrostata, la pala girava lenta.

Tommy ne rimase abbagliato.

Aveva quell'età in cui si è pronti a dare una scintilla di vita, una parte di anima a tutto ciò che si muove, e a lui quelle pale sembrarono mani, che accarezzavano il fiume di cui erano innamorate.

Da quella mattina tutti i giorni montava in sella alla sua bici, si fermava al bar del paese, comprava un ghiacciolo da venti cent e andava a trovare il vecchio mulino.

Gli parlava come ad un vecchio amico, gli raccontava della scuola, della sua compagna di banco di cui era innamorato, di quanto un po' gli mancassero i suoi giochi.

Il "ciaf ciaf" delle pale che accarezzavano l'acqua sembravano mille parole agli orecchi del bambino.

La sera prima del ritorno dei suoi genitori andò di nuovo a trovarlo, per salutarlo come un vecchio amico e dirgli che sarebbe tornato presto. Sentiva che quel mulino era vivo e avrebbe compreso, sentiva sempre più la sua anima legata a quelle vecchie pale.

Ma gli anni passarono, e Tommy in quel paese non ci tornò più.

Si diplomò, fece una meravigliosa vacanza con gli amici e trovò un lavoro in un negozio di abiti firmati.

Fu una mattina di Aprile che giunse una telefonata inattesa.

Il vecchio nonno era spirato, la famiglia sarebbe tornata nel paese per il funerale.

Il paese era cambiato, gli abitanti triplicati ed erano
sorti alberghi e ristoranti.
Terminata la cerimonia Tommy si scusò con la
nonna e i genitori ed imboccò la strada per andare a
trovare il vecchio amico perso per lunghi anni.
Non vide più i giunchi, solo un enorme palazzo che
sorgeva sulle sponde, cercò il mulino e il suo
familiare "ciaf ciaf".
Non lo trovò.
Capì che il fiume aveva perso il suo amante e lui il
suo amico, oltre ad una parte della sua anima e della
sua infanzia.

TENEBRA

La ragazza era in un angolo, sola, piangeva.

Era china sulla sua birra, quasi ad affogare se stessa nella schiuma, quasi volesse far dispetto al vento, cercando una aerodinamica che lo escludesse.

Il suo animo era nero come il cappotto che indossava, sembrava che l'ombra l'avesse rapita, che il sole fosse tramontato dietro le colline delle sue speranze.
Distrattamente mi avvicinai al suo sgabello, lucide lacrime scorrevano, erano come vortici di sogni, le afferrai il mento.

Fissai i suoi occhi nei miei. I miei occhi castani furono abbagliati da quegli smeraldi bagnati di dolce rugiada.

"Vieni via con me." Le dissi, senza perdere un secondo della sua anima, riflesso nello specchio dei suoi   occhi.
Lei affogò se stessa in un altro sorso prima di rispondermi.
"Dove mi porti?"

"Lontano, dove il sole non vede mai il tramonto, e dove le ombre sono solo il fresco in un mezzogiorno d'estate."

Mi guardò i suoi occhi sembrarono illuminarsi, di curiosità, di speranza, di malinconia.

"Ma l'ombra sarà davvero solo questo? Il buio mi spaventa ma mi attrae, è come il mare in tempesta, fatale, ma magnetico"

Guardai di nuovo la tenebra sul fondo della sua iride farsi largo, il mare in tempesta era magnetico, lei sembrava essere l'ago della bussola diretto verso la perdizione.
Le risposi: "Dove vado io il sole scaccia le ombre, le tenebre sono solo un racconto per spaventare i bambini e l'allegria fa da cuscino alla speranza. Vieni con me, e la tua vita non avrà tramonti e l'alba di un nuovo giorno sarà la nascita di una nuova te stessa."

La fissai negli occhi di nuovo, le feci un cenno. Lei sembrò capire. Pensai 'Seguimi' mentre la porta del bar cigolava aprendosi.

Come Orfeo non mi girai, l'attesi, aspettai Euridice uscisse dal regno delle ombre.

Ma lei non mi seguì.

IMPEGNO

Lei mi era davanti, gli occhi ben piantati nei miei.

Giocava con la cannuccia del suo sex on the beach, la mordicchiava, nervosa.

Il suo sorriso poteva intrappolare l'animo e forse ne era consapevole, per questo lo dispensava dosandolo.

Rideva con gli occhi.

"Quindi?"

"Quindi, boh."

"Beh, Boh è una risposta un po' risicata no?"

"Mi fa paura. Mi rendi felice, ma non capisco se voglio esserlo."

Sorseggiai la mia birra, guardandola.

Faticavo a trovare la risposta giusta.

Sembrava una partita di scacchi, dovevo sacrificare qualcosa per vincerla, ma le sue pedine sembravano in posizione migliore delle mie.

Era una dichiarazione di scacco ogni volta che apriva bocca.

"Per me resti bellissima. E continuerò a ripeterlo."

Avvampò.

Vidi il sangue pulsare sulle sue guance, il sorriso farsi strada.

Era bellissima così, paonazza, con la bocca che non sapeva se replicare o tacere. Se ne valesse la pena.

"Dai."

"Vabbè, non voglio imbarazzarti. Ma sto bene."

"Anche io."

"E ti ascolterei per ore, perché i tuoi occhi mi dicono che hai tanto da raccontare."

Il rossore si fece più intenso, quasi che il sangue volesse sgorgare, affiorare.

La bacia.

Mi incollai a quelle labbra, quasi fossero un'oasi nel deserto della mia malinconia.

La fonte dell'eterna felicità.

Ricambiò quel bacio con passione, cercai il suo corpo col mio.

"Ma ti spavento." Affermai quando ci staccammo.

"Ho in testa un casino, e sembra che mettere ordine sia impossibile."

"Fortuna che sono un disordinato allora, magari mi ci muovo bene nel tuo casino."

Sorrise.

Giocò coi capelli, e fu come se disegnasse cerchi d'oro con le mani, cerchi che sembravano un muro invalicabile.

Si era chiusa nei suoi pensieri, nelle sue insicurezze.

Aveva demoni da affrontare che io potevo solo ferire, stava a lei dare il colpo mortale.

"Spero di renderti felice un altro po' prima che tu capisca che fare della tua vita."

Mi guardò senza rispondere.

Cercò le mie labbra.

Forse un po' avevo fatto breccia nella sua corazza.

Dovevo solo sperare che il veleno della mia lancia facesse effetto, ma non ricordavo quale parte di lei avessi colpito.

UN UOMO

Conoscevo quella strada a memoria, la percorrevo ogni giorno, andata e ritorno.

Portava alla mia università, dalla stazione fino alla sede centrale.

Potevo farla ad occhi chiusi, guidato solo dai miei piedi.

Quella mattina il sole di novembre faticava ad affacciarsi, il respiro si condensava in vapore, formando piccole nuvole che sparivano appena formate.

Io avevo la cartella pesante, pendeva da una spalla compromettendo il mio passo, sbilanciandomi.

L'appoggiai a terra per riposarmi un istante, ero in largo anticipo stranamente.

Lui era lì.

Come ogni giorno.

La barba lunga, sporca, come i capelli che spuntavano da un cappello di lana.

Una giacca più grande di due taglie e un cartone su cui sedersi, nient'altro.

Ci ero passato accanto non so quante volte, ignorando quella mano tesa, nell'atto del questuante.

L'avevo vista, sicuramente.

Ma ero andato oltre, come tante altre persone che passavano di lì.

Lo sguardo scivolava addosso a quell'uomo quasi attraversandolo.

Ma quella mattina no.

Frugai nella tasca alla ricerca di qualche spicciolo, il resto del caffè, delle sigarette, del biglietto del treno.

Trovai poche monete, che per me avevano ben poco significato.

Mi avvicinai mettendogliele nella mano destra, tesa, ruvida dal freddo.

Alzò gli occhi, due occhi chiari e tristi, che non si illuminarono neppure col sorriso sdentato che mi regalò.

"Grazie". Gli occhi si riabbassarono, tornando al pavimento, all'elemosina.

Andai in facoltà, seguendo la lezione con aria distratta.

Pensavo a quell'uomo, con gli occhi tristi e la giacca troppo grande.

Ci ripassai accanto al ritorno.

Mi fermai.

Non avevo spiccioli in tasca ma avevo notato dei mozziconi intorno al suo giaciglio.

Gli porsi una sigaretta.

Mi sorrise di nuovo, ringraziandomi.

Mi incamminai verso il mio binario, il sole oramai scomparso all'orizzonte aveva lasciato il posto ad una sera gelida.

La mattina seguente presi il solito treno, con le solite facce assonnate, percorrendo la stessa strada.

Mi fermai al bar della stazione, lo stomaco vuoto stava borbottando.

Comprai un sandwich in più, che feci incartare.

Avevo una giornata lunga in facoltà e i soldi per un pranzo decente scarseggiavano,

Lui stava sempre lì, nella stessa posizione, con le gambe incrociate.

Mi avvicinai.

"Hai fame?"

Alzò di nuovo lo sguardo.

"Sì"

Gli porsi il sandwich incartato, lo prese avidamente.

"Grazie." Notai della commozione nei suoi occhi, lo scartò rapidamente ingurgitandolo.

Sembrava non mangiasse da giorni.

Andai via lasciandolo lì, la mano tesa, lo sguardo triste.

Le lezioni si protrassero fino a sera, stanco mi avviai verso la stazione.

Gli passai di nuovo a fianco, camminando rapidamente lo supcrai.

Mi voltai, tornando sui miei passi.

Mi ci sedetti accanto, a terra, come lui.

Gli porsi una sigaretta.

"Come ti chiami?"

"Pio"

"Alex"

Annuì. Aspirò una boccata di fumo che espulse dalle narici.

"Perché sei così gentile?"

"Perché non dovrei esserlo?"

"Non so. Non è umano."

"Come sei finito qui?" Glielo chiesi a bruciapelo. I suoi occhi sembrarono inumidirsi.

"Mia moglie."

"Sei sposato?"

"Lo ero. Andata via. Scappata."

"Ah"

"Mi è rimasto solo questo." Tirò fuori dalla tasca della giacca troppo grande un pezzo di carta, sporco.

L'inchiostro sbiadito, sbavato dalla pioggia e dalle intemperie.

"Mi ha scritto una lettera, quella troia. E si è portata via tutto."

"L'amavi?"

"Come facevo a non farlo. Bella come la rugiada al mattino, come il calore del fuoco."

"E ti ha portato via anche la casa?"

"No, ma non posso tornarci."

"Perché?"

"C'è lei in ogni angolo. C'è ancora il suo odore. Ci impazzirei."

Gettò il mozzicone ormai spento con aria triste.

"Non innamorarti, l'amore è la peggiore delle morti quando non corrisposto. Perché ti uccide lento come un cancro senza che tu riesca ad accorgertene."

Annuii.

Ero incuriosito dalla sua vita, da quella malinconia così diversa dalla mia.

Così forte da lacerarti il petto.

"Dove abitavi?"

"Vicino al centro, era una bella casa, calda. Mio figlio l'adorava."

"Lui dove è"

"Con lei. Brasile credo. O Cuba, non so. Non l'ho più visto. Se ne è andato con lei. Col nuovo uomo, con la mia vita."

Gli occhi adesso sembravano un lago su cui il vento stava soffiando impetuoso.

Passai la sera ad ascoltarlo, persi un paio di treni ma adoravo rivivere la sua storia.

Il giorno dopo tornai.

Gli portai una coperta e una bottiglia di liquore scadente.

Lo avrebbe aiutato a passare le notti fredde invernali, ad affogare i ricordi.

Ogni giorno mi fermavo per un po'.

Mi parlò di lei, del figlio, del suo passato.

Con quello sguardo triste e quel cappotto troppo grande.

I suoi occhi lucidi raccontavano quello che ometteva con le parole.

Dopo un po' smisi di frequentare l'università, abbandonai quella strada e quel nuovo amico con la sua vita curiosa.

Passarono gli anni.

Arrivò l'inverno, passò.

Iniziai a lavorare, ma ogni tanto pensavo a Pio, a come la fortuna può girare improvvisamente, a come l'amore possa essere così devastante da distruggerti pezzo dopo pezzo.

Una mattina dell'inverno successivo mi tornò in mente.

La sua foto era nella cronaca locale, quella faccia la ricordavo bene, quegli occhi tristi.

Quel cappotto troppo grande.

Ipotermia diceva l'articolo.

Amore, pensai io.

CARNE

La preferiva senza vestiti.
Quel corpo disegnato , modellato nella creta, dalle sapienti mani del demiurgo.
Sensuale.
Sapeva di volerla bere alla goccia, fino all'ultimo sorso.
Lui, un viaggiatore disperso nel deserto.
Lei, l'oasi ombreggiata, lo specchio d'acqua limpido della salvezza.
Lo stava aspettando, mordendosi le labbra carnose in maniera sensuale.
I capelli biondi sciolti sul cuscino le davano un'aria immortale.
Era la dea Afrodite.
E lui era Ares, pronto alla pugna.
Affondó la sua bocca in lei, cercando il profumo più puro, quell'ambrosia dolce che emanava.
Era il suo nutrimento, la sua fonte di eterna giovinezza.
La sentì gemere, la testa reclinata, le labbra schiuse.
I muscoli contratti.
Andó più a fondo, come un esploratore.
Come chi non può fermarsi.
Sentiva i suoi battiti accelerare.
Si fermò e le salì sopra. Guardandola in quegli occhi carichi di fremente passione.
Sentì le labbra cedere ai suoi baci.
Sentì le labbra cedere al suo impeto.
E poi fu amore, e notte.
E calore.

SGUARDI

"Stronzo!"

Oramai sembrava il mio secondo nome.

Spesso quell'appellativo lo condividevo, mi accorgevo dei miei errori, sebbene fossi un maledettissimo recidivo.

Provai a calmarla abbracciandola ma mi respinse, le sue mani sul mio petto.

"Ma cosa vuoi? Che cazzo ho fatto stavolta?"

"Ho visto come la guardavi!"

"Ma chi?"

"Non fare il finto tonto!"

Mi guardai intorno, non sapevo di cosa parlasse, non capivo.

Forse era vero.

Sentii gli occhi degli altri avventori su di noi.

Ci stavano guardando, quasi che aspettassero la litigata sfociasse in qualcos'altro.

Qualcuno in maniera così sfacciata da innervosirmi.

La gente ha sempre sete di cazzi degli altri, come obese ninfomani in fase ormonale.

E io non ero disposto a darglieli.

La portai fuori.

"Spiegati."

"Ho visto che le hai guardato il culo! Non fare lo scemo! Ti piaceva?"

Corsi con la mente all'inizio della nostra discussione. Ricordavo qualcosa.

"Beh, aveva un culo discreto." Pensai l'onestà mi avrebbe ripagato.

Lo schiaffo arrivò, bruciante.

“Ehi! Vuoi dirmi che te non guardi nessuno?”

“No, stronzo!”

Sembrava dovesse piangere.

“Era solo uno sguardo! Mica ci ho provato!” Mi sembrava di muovermi nel mondo dell’assurdo.

Era stato un breve sguardo, una frazione di secondo.

Non pensavo neppure lo avesse notato, ma le donne sembrano capaci di vedere tutto.

“Vai a provarci. Visto che la preferisci a me!”

“Ma che stai dicendo?”

“La verità.”

La guardai negli occhi, cercando di nuovo le sue labbra.

Ricambiò il bacio in maniera tiepida, distante.

“Non mi interessa, l’ho guardato solo per confrontarlo col tuo, e devo dire che il tuo è molto meglio.

Come faccio a dirti che hai un bel culo se non ho metri di paragone?”

Sorrisi.

“Sei uno stronzo! Non cambierai mai.” Accennò l’ombra di un sorriso mentre mi baciava.

Forse aveva ragione.

Forse non sarei cambiato.

Ma non sarei mai riuscito a fare a meno di lei. Ne ero sicuro.

Fu il suo culo che tastai fiero prima di salire in auto.

RICERCHE

Il problema sembrava essere sempre lo stesso.
Cercavo te nelle altre.
Quelle cose che mi mancavano tremendamente,
come un taglio profondo nei miei pensieri.
Un modo di arricciare il naso, un gesto.
A volte anche un sorriso.
Ti cercavo.
Sapevo di averti rimossa ma non cancellata.
E che queste donne, questi volti, questi sguardi
trasudanti femminilità non erano che palliativi.
Questa sorrideva come te, ma non aveva quella tua
luce negli occhi.
Lei aveva il tuo modo di spostare i capelli dietro la
nuca, ma le mancava la tua personalità.
Erano copie sfocate.
Ci facevo l'amore ma non mi riempivano.
Mi lasciavano intatto e indifferente.
Solo tu eri riuscita a lacerarmi e ricucirmi, notte
dopo notte, come un'abile sarta dell'anima.
E lei?
Lei sembrava simile a te.
Stesso modo di gesticolare e di sorridere.
Gli occhi un po' più tetri, come se qualcosa di
oscuro fosse nascosto nei meandri della sua mente,
pronto a sbucare fuori come gli invitati di una festa
a sorpresa.
Mentre il festeggiato rincasa con l'amante.
Mi spaventava quel buio.
Non lo avevo mai visto nei tuoi occhi.
I tuoi sembravano fanali, abbaglianti.

E io spesso ne restavo impietrito, ascoltandoti per ore, senza stancarmi.

La noia sembrava essere uscita dalla mia vita, come una mosca fastidiosa fuggita da una finestra lasciata aperta.

Guardai di nuovo quegli occhi così simili ai tuoi ma così diversi.

Così tetri.

Ne scappai.

Da solo mi sedetti su dei gradini, freddi, aridi.

Accesi una sigaretta, le mani tremanti, lo stomaco pesante.

Se non potevo avere te, tanto valeva sforzarsi e sorridere delle battute di una sconosciuta.

Ubriacarmi del suo nettare prima che il sonno dei giusti mi abbracciasse.

Ma sapevo che neppure nel sonno avrei trovato pace.

Mi avresti raggiunto anche lì.

Sapevi sempre come raggiungermi, come catturare la mia mente e stravolgerla.

Ero perso, ero in tuo potere.

Non potevo accontentarmi di pallide copie.

O semplicemente non volevo.

Ti chiamai, deciso a dirti tutto ciò che avevo in gola, ciò che mi rodeva le arterie.

Il telefono squillò a vuoto.

Forse meglio così, forse avrei solo balbettato parole che non racchiudevano tutti i miei pensieri, io, che di solito ero così prodigo di parole, con te mi sentivo un infante ai primi balbettii.

Finii la sigaretta schiacciandola sotto il tacco della scarpa insieme alle mie elucubrazioni.

Tornai dentro da lei.

Sembrava bella davvero, mentre spostava i capelli dal volto.

Stava sorridendo, forse era felice, nonostante quella tenebra.

Non sapevo se sarebbe stata la medicina giusta al mio animo, andavo per tentativi, come un cieco mi muovevo a tastoni, cercando un'uscita sicura dal baratro in cui ero precipitato.

Non era te, ma tu non c'eri più.

E forse un palliativo poteva lo stesso guarirmi, se solo lo avessi davvero voluto.

NEGOZI

"Questo come mi sta?"

Erano due ore giravamo per negozi, per lei sembravano passati dieci minuti.

Aveva provato di tutto, scartato di tutto, chiesto la mia opinione.

Mi stava entrando l'emicrania, con lei che passava da un camerino all'altro.

La vidi scomparire dietro un'altra tendina con in mano dei vestiti diversi dai precedenti.

Sospirai.

Non me ne intendevo di abiti, mettevo ciò che capitava.

Una maglietta e un paio di jeans, nient'altro di solito.

Lei no.

Si muoveva con leggiadria tra i pianali e i servomuti, quasi danzasse.

"Guarda, questo lo abbino con le parigine che mi hai regalato."

Un altro camerino, un'altra attesa.

Mi guardavo intorno nel frattempo.

Gli altri uomini sembravano nella mia stessa condizione, spettatori di una sfilata che pareva essere infinita.

Qualcuno aveva già le mani piene di buste, qualcun altro l'aria fresca di chi è appena arrivato.

Per lo più guardavano l'orologio, sperando che il tempo subisse un'accelerata.

Ne vidi uno controllare con aria spasmodica il display del telefono, quasi pregando in una telefonata urgente che lo strappasse da lì.

Uscì, bellissima.

La gonna svolazzava ad ogni passo scoprendo le gambe tornite e affusolate.

Fischiai quando si girò, piroettando.

"E' stupendo."

"Non mi convince." Sospirai mentre correva a toglierselo.

Questa era la nuova tortura del XXI secolo, e ne eravamo tutti vittime. Qualcuno più consapevolmente di altri.

Passammo ore intrappolati in questa routine fatta di camerini e abiti costosi.

Ne uscimmo carichi di buste e col portafoglio leggero.

Ma lei era felice, e per me era questo a contare.

Cercammo la macchina, tra migliaia di altre scatole di lamiere di quel centro commerciale, incamminandoci come formiche per tornare a casa.

Durante il tragitto mi parlò dei nuovi acquisti, di come li avrebbe indossati, abbinati.

"Questo lo metto sabato, quando andiamo a cena dai tuoi. Però poi dopo mi porti a casa che se andiamo a berci qualcosa mi sembra troppo sciatto."

Io fingevo di ascoltarla, mugugnando risposte.

Era così felice che rendeva felice anche me, nonostante quello che per me era stato un tuffo all'inferno appeso per i piedi.

Tornammo a casa, lei raggiante andò a sistemare le nuove cose, qualcuna riprovandola per vedere l'effetto che faceva con un certo tipo di scarpe o un cappotto.

Mi sedetti sul divano aspettando che finisse.

Quando finalmente uscì era ancora più bella del solito, con quel sorriso reale, vero, sincero.

"Stasera che mi metto?"

Le misi le mani sui fianchi, delicati, morbidi, cercando le sue labbra carnose come boccioli.

La sdraiai sul divano.

"Stasera voglio che ti spogli."

IN DUE

Lei stava finendo ti truccarsi, io aspettavo paziente.
Giocavo coi bottoni della giacca, sistemavo la camicia, contavo le mattonelle.
Sentivo il suono del phon nel bagno.
"Sei pronta?" Urlai per contrastare il rumore.
"No"
Uscì in accappatoio.
Ebbi un fremito, la voglia di sdraiarla sul letto e amarla come mai avevo fatto.
"Che devi fare?"
"Truccarmi"
Attesi.
Quasi mi appisolai in quel letto in cui poco prima ci avrei fatto l'amore.
"Ci sei?" Chiesi timidamente. Non volevo disturbarla.
"Mi sto truccando!"
Mi chiesi cosa avesse da truccare.
Era già dannatamente bella. Così bella che poteva togliere il fiato. Bloccava il respiro, come una morte lenta.
Che fottuto bisogno aveva di truccarsi?
Uscì dal bagno che sembrava un cherubino, il canto di un angelo, un pensiero ardito.
"Sei pronta?"
"Ancora ci speri?" Rise. Io mi ero già diretto verso la porta.
"Che devi fare?"
"Vestirmi."

Cambiò idea più di una volta, fece e disfece il suo armadio.

"Andiamo?"

"Un minuto."

L'orologio segnava le nove, ma quella lancetta sembrava mentire.

"Come sto?"

"Bene, ma non stavi male neanche dieci vestiti fa e struccata."

"Idiota"

"Sì, hai finito? Possiamo andare?"

"Andiamo" Aprii la porta per farla passare. E far scivolare lo sguardo sul suo corpo.

In auto tenni la mano sulle sue gambe, spostandola solo per cambiare marcia.

Adoravo il contatto tra il mio palmo e la sua pelle calda.

Cambiai marcia giusto un paio di volte.

Parcheggiai.

Scese, con eleganza.

Scartammo diversi ristoranti prima di decidere, affidandoci all'impressione che ci davano.

Troppo piccolo.

Troppo rumoroso.

Troppo affollato.

Optammo per uno coi tavoli all'aperto, il cameriere ci fece accomodare in posizione laterale, portando la carta dei vini.

Prendemmo un rosso corposo, era buono, colorava le labbra e i suoi zigomi.

Le riempii il bicchiere più di una volta quella sera.

Parlammo, tanto.

Eravamo due solitari io e lei, che uniti riuscivano in qualche modo a sopportare il resto del mondo.

E a parlarsi a vicenda.

A me la compagnia metteva a disagio, quasi che non mi sentissi all'altezza delle aspettative altrui.

A lei semplicemente l'annoiava.

Era troppo intelligente per discorsi frivoli.

Ancora mi chiedevo quale fosse il Dio che aveva guidato questa ninfa tra le mie braccia.

Era bellissima, più di qualunque altra creatura avessi mai visto, più della luna che quella notte sembrava un lampadario appeso per un filo invisibile alla volta del cielo.

Non riuscivo a smettere di ascoltarla, indeciso se divorare quelle labbra da un momento all'altro.

Il vino finì.

Ordinammo un'altra bottiglia.

Un cameriere dall'aria rubiconda ci servì un altro rosso.

I bicchieri pieni di succo vermiglio e lei accanto, avrei voluto fermare il tempo.

Bloccarlo in quell'istante, come se futuro e passato non contassero.

Camminammo quella notte, finita la cena.

Vagammo con passo incerto per il paese silenzioso, mano nella mano, scambiandoci qualche bacio tra i vicoli, appoggiati alle mura delle case, in piedi.

Rimontammo in macchina per tornare alla nostra stanza, frementi.

La mia mano sempre appoggiata sulla sua coscia, anelante il calore della sua pelle.

"Che pensi?" Mi chiese quando mi vide pensieroso.

"Che forse la vita non fa così schifo."

Sorrise, accarezzandomi i capelli sulla nuca.
"No, forse no."

L'INIZIO

"C'è molto di lei in ciò che scrivi."

"Di lei, di me, di altre." Risposi mugugnando.

Teneva le bozze dei miei scritti sulle gambe, i fogli bianchi tra le dita gialle.

Mi accesi una sigaretta.

"Insomma che ne pensi?"

"Penso che devi andare avanti."

"Lo sto facendo."

"Alex, stai vivendo di ricordi…"

"Non si vive di ricordi, di ricordi si muore." Mi sembrò una frase sensata da dire.

"E tu lo stai facendo." Mi sventolò le bozze in faccia, come a rimarcare il suo ragionamento.

Aspirai del veleno dalla mia Winston blue.

"Ci sono modi peggiori per farlo."

"Cretinate!"

"Lo so, sto solo scherzando. Sto bene, sul serio."

"Fingerò di crederci." Abbozzò un sorriso.

Il sole stava bucando le nuvole e quella panchina in cui ci eravamo seduti si stava scaldando.

Un quieto torpore mi invase.

"Sai, scrivere mi aiuta, è come una terapia."

"E che altro fai oltre a questo?" Mi guardò in tralice, i fogli bianchi ancora tra le mani.

"Bevo."

"Bevi"

"Bevo. Mi sembra di essere più sereno quando lo faccio."

"Si, ma non risolvi così i tuoi problemi."

"No, ma mi sembra almeno per un po' di annegarli, quasi che fosse un testa a testa tra me e loro. Il primo che alza la testa dalla bottiglia ne esce vincente."

Mi guardò, sembrava compatirmi. Ma non capirmi.

"Ti stai buttando via Alex, questo che mi hai fatto leggere, è bello, si sente che è scritto in maniera viscerale, ma cosa vuoi dire? Qual è il senso di questi racconti."

"Probabilmente dimostrare che il mondo è pieno di poveri stronzi. Ma qualche povero stronzo è più interessante di altri."

La sigaretta era finita, la gettai nel vento, avrebbe sporcato questo mondo come le mie parole.

"E tu? Sei uno stronzo interessante?"

"A volte. A volte sono solo uno stronzo come tanti altri. Che cerca la chiave della sua vita dimentico del fatto che non possiede una serratura."

"Beh, questo che ho letto mi sembra interessante. Insomma, puoi migliorare. Ma è già un inizio."

"Dici? Non sono solo deliri di un povero ubriacone?"

"No, dovresti provare a pubblicarli. Almeno tentare. Magari esci dal fango in cui ti sei arenato."

Ci pensai un po'. Il sole sembrava brillare più forte quel giorno.

Era Novembre ma sembrava Aprile, l'odore di erba appena tagliata mi colpì le narici.

Guardai il mio amico, rimasto in silenzio, paziente.

"Si, credo che ci proverò, al limite sarà solo un ennesimo fallimento di cui parlare."

Mi sorrise.

Io sorrisi.

“Appunti di vista. Mi sembra un buon titolo per partire.”
“Ne ho sentiti di più stupidi.”

FINE

INDICE

Finito di stampare nel mese di Gennaio 2017
per conto di Youcanprint *Self-Publishing*